THE QUEEN OF CRIME
繁體中文版
20 週年
紀念珍藏

白羅出擊

阿嘉莎・克莉絲蒂——著

刁克利——譯

Poirot Investigates

策畫者的話

通俗是一種功力

吳念真（導演、作家）

通俗是一種功力。絕對自覺的通俗更是一種絕對的功力。

這樣的話從我這種俗氣的人的嘴巴說出來，大概很多人要笑破褲底了。不過，笑完之後請容我稍稍申訴。這申訴說得或許會比較長一點，以及，通俗一點。

小時候身材很爛，各種遊戲競爭完全任人宰割，唯一隱遁逃避的方法是躲起來看書或聽大人瞎掰。那年頭窮鄉僻壤的小孩能看的書不多，小學二年級時最喜歡的是超大本的《文壇》，老師借的。看著看著，某天老師發現我的造句竟出現：「捧著：朝陽捧著一臉笑顏為群山剪綵」這樣亂七八糟的文字，就拒絕再讓我看那些超齡的東西了。

老師的書不給看，我開始抓大人的書看。一種是厚得跟磚塊一樣的日文書，對我來說那完全是天書，但插圖好看，經常有限制級的素描。另一種書是比較薄的，通常藏得很嚴密，只是裡面有太多專有名詞、重複的單字和毫無限制的標點，比如「啊啊啊」、「……！！！」

老讓我百思不解。有一天，充滿求知欲地詢問大人竟然換來一巴掌後，那種閱讀的機會和樂趣也隨著消失了。

所幸這些閱讀的失落感，很快從大人的龍門陣中重新得到養分。講到這裡，我似乎先得跟一個村中長輩游條春先生致敬，並願他在天之靈安息。

我所成長的礦區，幾乎全是為著黃金而從四面八方擁至的冒險型人物，每人幾乎都有一段異於常人的傳奇故事。這些故事當事人說來未必精采，但一透過游條春先生的嘴巴重現，有時連當事人都聽得忘我，甚至涕泗縱橫，彷彿聽的是別人的故事。

條春伯沒當過日本兵，可是他可以綜合一堆台籍日本兵的遭遇，一如連續劇般從入伍、受訓、逃亡荒島，面對同鄉同袍的死亡，並取下他們的骨骸寄望帶回故鄉，乃至骨骸過多搞不清哪是誰的等等，讓聽的人完全隨他的敘述或悲或笑，彷彿跟他一起打了一場太平洋戰爭。此外他也可以把新聞事件說得讓一個三、四年級的小孩，到現在仍記得當時腦中被觸動的畫面。例如當年瑠公圳分屍案的凶手做案之後帶著小孩到安東街吃麵（這讓我一直以為台北的安東街是條專門賣麵的街道），還有甘迺迪總統被暗殺、賈桂琳抱住她先生、安全人員跳上飛快的車子保護賈桂琳……當然，這記憶全來自條春伯的嘴巴而不是報紙。我的記憶全是畫面，有畫面，是因為條春伯說得精采，說得有如親臨他至死都還搞不清地理位置的達拉斯命案現場。

於是這小孩長大後無條件地相信：通俗是一種功力，絕對自覺的通俗更是一種絕對的功力。透過那樣自覺的通俗傳播，即使連大字都不識一個的人，都能得到和高階閱讀者一樣的感動、快樂、共鳴，和所謂的知識、文化自然順暢的接軌。也許就是因為這些活生生的例子，俗氣的自己始終相信：講理念容易講故事難，講人人皆懂、皆能入迷的故事更難，而能隨時把這樣的故事講個不停的人，絕對值得立碑立傳。

條春伯嚴格地說是有自覺的轉述者，至於創作者，我的心目中有兩個。一個是日本導演山田洋次，一個是推理小說家阿嘉莎．克莉絲蒂。

山田洋次創造了寅次郎這個集合所有男人優點跟缺點的角色，在以《男人真命苦》為名的系列下，總共完成百部左右的電影。它們的敘述風格、開頭、結尾的方法不變，唯一改變的是故事，是時代，是遍歷日本小鄉小鎮的場景。數十年來，看《男人真命苦》幾已成為日本人每年的一種儀式，一如新春的神社參拜。

數十年前訪問過山田導演，他說，當他發現電影已然有它被期待的性格時，電影已經不是導演自己的。他說：當所有人都感動於美人魚的歌聲時，你願意為了讓她擁有跟你一樣的腳，而讓她失去人間少有的嗓音嗎？

人間少有的嗓音與動人的歌聲，都來自山田導演絕對自覺的通俗創造。

再如阿嘉莎．克莉絲蒂，如果我們光拿出她說過的故事和聽過她故事的人口數字，就足以嚇死你。五十多年的寫作生涯，她總共寫出六十六本長篇推理小說，外加一百多篇短篇小說和劇本。其中有二十六本推理小說被改編，拍了四十多部電影和電視劇集。作品被翻譯成一百零三種文字的版本，銷量超過二十億本。夠了。你還想知道什麼？知道二十億本的意義是什麼嗎？二十億本的意義是全世界平均三個人就有一個人讀過她的書，聽過她說的故事。

說來巧合，她和山田洋次一樣，創造出個性鮮明的固定主角（當然，前前後後她弄出來好幾個），然後由他（或是她）帶引我們走進一個犯罪現場，追尋真正的罪犯。

故事就這樣？沒錯，應該說這是通常的架構。那你要我看什麼？不急，真的不急，克莉絲蒂會慢慢冒出一堆足夠讓你疑惑、驚嚇、意外，甚至滿足你的想像力、考驗你的耐心和智商的事件來。

推理小說不都是這樣嗎？你說得沒錯，大部分是這樣，不一樣的是……對了，她像條春伯，像山田洋次，她真會說，而且她用文字說。

文字的敘述可以讓全世界幾代的人「聽」得過癮、「聽」個不停，除了聖經，也許就是克莉絲蒂。她不是神，但她真的夠神。

數十年前，台灣剛剛出現她的推理系列中譯本，那時是我結婚前，常有同齡的文藝青年來我租住的地方借宿，瞄到我在看克莉絲蒂，表情詭異地說：「啊？你在看三毛促銷的這個喔？」

我只記得他抓了一本進廁所，清晨四點多，他敲開我的房門說：「幹，我實在很討厭那個白羅……再拿一本來看看，我跟你說真的，要不是你的書，我真的很想把那個矮儸壓到馬桶吃屎！」

我知道他毀了，愛吃又假客氣，撐著尊嚴騙自己。克莉絲蒂再度優雅地撕破一個高貴的知識份子的假面具，她的手法簡單，那手法叫通俗，絕對自覺的通俗，無與倫比、無法招架的功力。

昔日的文藝青年如今跟我一樣，已然老去，但不時還會看到他寫一些充滿理念和使命感極重的文章，在報紙和雜誌上出現。我知道他要說什麼，只是常常疑惑他想跟誰說；同樣，我記得他說過什麼，但轉眼間忘記他說了什麼。但請原諒我，幾十年前那個晚上，他在我家看完的那兩本克莉絲蒂的小說內容，我可還記得清清楚楚。

也許有一天再遇到他的時候，我會問他之後是否還看過克莉絲蒂其他的書，如果沒有，我會跟他說，想讀要趁早，因為你會老、會來不及。至於白羅那個矮儸，大概永遠不會消失。哦，對了，還有一個叫瑪波，你說不定會來不及認識……

老派偵探之必要

冬陽（推理評論人，台灣推理作家協會理事長）

「讀者非常喜歡白羅這個人物，表示『那個開朗的小個子，過氣的比利時名偵探』。顯然白羅是這本小說受歡迎的一個原因，雖然白羅可能不贊同用『過氣』二字來形容他。」知名編輯兼作家經紀人約翰．柯倫（John Curran）在《阿嘉莎．克莉絲蒂的秘密筆記》一書如是說，文中提到的「這本小說」，正是克莉絲蒂初試啼聲、名偵探赫丘勒．白羅優雅登場的《史岱爾莊謀殺案》，一部於一個世紀前出版的偵探推理作品。

百年光陰的淬鍊顯然證明了白羅絕無過氣的疲態，連帶讓我聯想起電影《金牌特務》（*Kingsman*）上映後，大眾熱議西裝如何能帥氣俊挺歷久不衰——或許可以從這個切入角度，在這裡跟老書迷、新讀友探究這個蛋頭翹鬍子偵探（我沒有影射哪款洋芋片食品喔）的魅力所在。

且讓我們話說從頭。

「我敢打賭你寫不出好的推理小說。」一九一六年，阿嘉莎．米勒（克莉絲蒂婚前的舊姓）在媽媽的打字機上敲擊，打算回應姐姐梅姬這挑釁的話語。她努力嘗試，但故事寫得不好，於是改從身旁熟悉的事物著手——比方說毒藥。阿嘉莎在藥房工作過，曾在某個夜裡驚醒，匆匆回到調劑室重新配置，因為她不記得有沒有漏做一個重要步驟，否則病患就要去見閻王了——噢，這似乎是個謀殺好點子。

阿嘉莎還記得姨婆對她的叮嚀：要注意他人覬覦她珍藏的首飾，時時留意是不是有人偷偷拉長了耳朵聽她們的竊竊私語。小阿嘉莎不但執行得徹底，還把這個習慣寫進小說裡。同時她還注意到，因為世界大戰爆發，家鄉托基湧入許多比利時難民，不如讓一個逃難到英國的比利時退休警官擔任偵探？一定很有趣！

啊，偵探小說顧名思義，只要塑造出一個教人印象深刻的偵探，大概就成功一半。這個人物必須要有特色、有個性，甚至是怪癖，而且聰明又自負。好幾個名字浮現在她腦海裡：莫里斯．盧布朗（Maurice Leblanc）筆下的怪盜紳士亞森．羅蘋、卡斯頓．勒胡（Gaston Leroux）創造的新聞記者胡爾達必，當然還有那最最知名的夏洛克．福爾摩斯——連帶創造一個華生型的助手好了。該怎麼安排呢……

於是，一位偵探的樣貌漸漸成形：五呎四吋的小個兒，蛋型臉上蓄著保養得宜、梳理有型的鬍子，衣著一塵不染，漆皮鞋擦得錚亮。他有嚴重的潔癖，說話不時夾雜法語，喜歡成雙成對的東西，喜歡方的不喜歡圓的（雞蛋為什麼不是方的呢？），口頭禪是「動動灰色的腦細胞」。阿嘉莎心想，他應該要有個像福爾摩斯一樣響亮的名字，取名「赫丘勒斯」怎麼樣？希臘神話中的大力士。姓氏叫白羅，不過搭赫丘勒斯這個名字好像不配……改一下，赫丘勒．白羅好像不錯？就這麼定了吧！

白羅很聰明，懂得觀察入微沒錯，但這並不表示他就得是台獨尊腦袋、缺乏情感的冰冷思考機器，尤其要在人物關係錯綜複雜的莊園宅邸查案追凶，交際手腕得高明些才行。他不是在謀殺發生、屍體出現後才開始像頭獵犬四處嗅聞，而是憑藉旺盛的好奇心與強烈的同理心接觸各種人事物，進而探入被害者、犯罪者、各個看似無辜但多少都和事件沾上邊的關係者的心靈深處，佐以現今稱作鑑識、法醫等等科學鐵證（哎，證據人人知道，可是要怎麼跟真相合理地連結到一塊，這就是名偵探的功力啦），讓原本叫人束手無策的事件得以畫下完美句點。也因此，白羅偶爾能預測進而制止罪案的發生，甚至對殘酷但值得憐憫的罪行網開一面，這樣才合乎人性不是嗎？

婚後以阿嘉莎．克莉絲蒂為名，推出《史岱爾莊謀殺案》後深獲好評，相隔六年的《羅傑艾克洛命案》更是引發街談巷議，而克莉絲蒂全球暢銷前十大作品中，還包括《東方快車謀殺案》、《尼羅河謀殺案》、《ABC謀殺案》、《藍色列車之謎》、《底牌》、《五隻小豬之歌》，合計八部皆由白羅擔綱演出。讀者不只喜愛這個聰明角色，還臣服於平實流暢的文筆及相對顯得衝突的複雜劇情，冷酷的謀殺動機隱藏在細膩的人際關係裡，穿透看似單純、帶點童話氣息的表象後，端賴名偵探明察秋毫、撥亂反正。尤其讓一個比利時人在英國土地上辦案，是克莉絲蒂的小心思，因為「英國人總是不信任外國人，也不相信睿智」（語出英國偵探俱樂部主席馬丁・愛德華茲〔Martin Edwards〕），讀者同凶手一樣輕忽不設防，卻也得到了參與鬥智競賽的意外驚奇和美好滿足。

這樣的閱讀感受，我稱之為「老派偵探之必要」，因為它純粹簡約，經得起反覆咀嚼，猶如前述的西裝革履，在潮流更迭的時間長河裡維持恆久的優雅風範──呼應吳念真先生寫在「策畫者的話」中的一段文字，那不是惺惺作態的高傲睥睨，而是「絕對自覺的通俗，無與倫比、無法招架的功力」所致。

不信？往下讀去就知道。而且我敢打賭，你有很高的比例會將整個白羅系列嗑完，然後是瑪波小姐系列以及其他系列，當然也不可能錯過像名列暢銷首位的《一個都不留》這類獨立之作……

註　克莉絲蒂推理全集一至三十八冊為「神探白羅系列」，三十九至五十二冊為「神探瑪波系列」，五十三至八十冊包含鬼豔先生、湯米與陶品絲、雷斯上校、巴鬥主任等名探故事。

獻詞

阿嘉莎．克莉絲蒂是世界讀者最眾，也最廣受喜愛的女作家。
身為克莉絲蒂的孫兒，我相信奶奶會非常樂見這次出版，
因為她極以自己作品中的趣味與娛樂為豪。
歡迎所有喜歡本系列的台灣新讀者參與這場饗宴！

——馬修．培察（Mathew Prichard）

白羅出擊

目錄

01

「西方之星」歷險記

Poirot Investigates

我站在白羅房間的窗戶旁悠閒地望著下面的大街。

「奇怪呀！」我突然脫口而出。

「怎麼啦，我的朋友？」白羅端坐在他舒適的搖椅裡，語調平靜地問。

「白羅，請推求如下事實：一位衣著華貴的年輕女孩，頭戴時髦的帽子，身穿富麗的裘皮大衣，正慢慢地走過來，邊走邊看兩旁的房子。有三個男子和一個中年女人正盯梢尾隨著她，而她一無所知。然後又來了一個僮僕在她身後指指點點，打著手勢。這究竟是怎麼回事？難不成那女子是個壞蛋，而盯梢的人是準備逮捕她的警探？或者，尾隨者才是壞蛋，正準備攻擊一個無辜的受害者？大偵探對此有何高見？」

「我的朋友，大偵探像往常一樣，按最簡單的辦法行事。他要親自站起來看看。」

於是，我的朋友和我一起站到了窗口。

過了一會兒，他突然發出一陣愜意的咯咯笑聲。

「像往常一樣，你的觀察又被你無可救藥的浪漫情懷給扭曲了。那是瑪麗．馬維爾小姐，著名的電影明星。跟在她身後的其實是她的一票崇拜者。而且，順便說一句，我親愛的海斯汀，她早知道有人在背後跟隨！」

我笑了起來。

「這樣就都解釋清楚了！不過，這不能算你行，白羅。那只不過是因為你看出是她。」

「強辯！你看過多少次瑪麗．馬維爾演的電影，親愛的？」

我想了想。

「大概有十多次吧。」

「而我……只看過一次！可是我就認出了她，你卻沒有。」

「她現在這樣子和她在電影上很不一樣。」我心虛地答道。

「哈！」白羅叫道，「難道你指望她在倫敦的大街上散步時頭戴牛仔帽，或光著腳丫子，甚至像個愛爾蘭姑娘那樣束把辮子嗎？你總是想一些不切實際的事情！記得舞蹈家瓦瑞麗．聖克萊的那個案子嗎？」

我有點生氣地聳聳肩膀。

「不過，別洩氣，我的朋友。」白羅撫慰道，「不是每個人都像赫丘勒．白羅一樣聰明！我很能理解這點。」

「你對自己的評價之高，真是舉世無雙！」我大聲說，感覺又好氣又好笑。

「換作是你，你會如何想？一個卓越不凡的人，當然最了解自己的不凡之處！其他人也會持同樣看法，即使是──如果我沒搞錯的話──瑪麗．馬維爾小姐也不例外。」

「什麼？」

「看得出她正要到這裡來。」

「你怎麼猜得出來？」

「很簡單。這條街不是名門貴冑會出沒的地方，我的朋友！在這條街上，沒有名醫，沒有著名的牙醫，更沒有時髦的女帽商！可是有一個一流的偵探。噢，我的朋友，我是說真的，我已經成為當紅的英雄人物。他們會說：『建議？你把你的金筆盒給弄丟了？那你一定要去找那個小比利時人，他太神奇了，大家都去向他求救，所有問題無不迎刃而解。人人趨之若鶩啊，朋友，再愚蠢的問題都可以拿去請教他。』」門鈴乍時響起。「我剛剛是怎麼說的？馬維爾小姐這不是來了？」

像往常一樣，白羅這次又說對了。過了一會兒，那位美國影星被領進房間。我們都站起身來。

瑪麗．馬維爾無疑是此間最受歡迎的電影演員。她在她丈夫格果里．羅夫的陪同下，最近剛到英國；她丈夫也是一位電影明星。他們一年前在美國舉行了婚禮，這是他們初次到英國來。人們為他們舉行了盛大的歡迎會。每個人都對瑪麗．馬維爾瘋狂著迷：尤其是她華麗的衣服，她的貂皮大衣以及她的珠寶首飾，其中最引人注目的是一顆碩大的鑽石，它有一個和它主人聲譽相當的綽號——「西方之星」，關於這顆著名的寶石，出現了很多真真假假的說法，據稱，它的保險金額高達五萬英鎊。

我和白羅一起問候我們漂亮的當事人時，所有這些細節飛快地掠過我的腦際。

馬維爾小姐嬌小玲瓏，身材苗條，長相非常青春俏麗，那一雙大大的藍眼睛，像個孩子一樣天真無邪。

白羅給她拉過來一把椅子，她一坐下來立刻開始說話。

「也許您會認為我很傻，白羅先生。不過孔蕭爵士昨天晚上告訴我您非常了不起，曾漂亮地解決了他侄子的死亡之謎。所以我覺得我也必須來向您求教。我敢說那件事只是一個愚蠢的惡作劇——格果里這麼說，不過我還是擔心得要死。」

她停下來喘了口氣，白羅鼓勵她繼續說下去。

「請繼續講，夫人。您知道，我到目前還是一頭霧水。」

「都是因為這些信。」

馬維爾小姐打開她的手提包，拿出來三個信封交給白羅。

白羅仔細地審視這三個信封。

「信紙很粗糙，姓名和地址用印刷體書寫得很工整。我們再看看裡面。」

他掏出信紙。我走過去和他一起看，腦袋探過他的肩膀。

第一封信只有一句話，和信封一樣也是小心翼翼的用印刷體寫就。它的內容是：

那顆大鑽石是神的左眼，它從哪裡來便必須歸還到哪裡去。

第二封信和第一封信的內容完全相同。但第三封信就詳細多了：

已經警告過你了，可是你沒照做。現在，我們要從你身上取走這顆鑽石。在月圓之日，屬於神的左眼和右眼的兩顆寶石終將歸還予神。特此聲明。

「看第一封信的時候我還以為是個玩笑，」馬維爾小姐解釋說，「收到第二封信時，我開始納悶；第三封信是昨天到的，現在看來，事情可能比我想像的更加嚴重。」

「看得出它們不是郵寄來的。」

「對，它們是專人送來的；送信的是一個中國人，這正是我害怕的原因。」

「為什麼？」

「因為那顆鑽石是三年前格果里從乏加哥的一個中國人那裡買到的。」

「我明白了，夫人，您認為這顆寶石就是——」

「西方之星。」馬維爾小姐緊接著說，「正是如此。那時候，格果里曾聽說這顆寶石有些傳聞，可是那個中國人口風很緊，什麼也沒說。格果里說，當時那人看起來嚇得要死，急於要把這東西脫手，只開了十分之一的價碼。它是格果里送我的結婚禮物。」

白羅若有所思地點點頭。

「這聽起來好像是一個令人難以置信的傳奇故事。不過，誰知道呢？啊，拜託你，海斯汀，把我的小曆書遞給我。」

我照辦了。白羅翻著書頁說：「什麼時候是月圓之日？啊，星期五。那就是說還有三天的時間。好，夫人，既然你來求教於我，我就把我的想法說給你聽。這個精采的傳說也許只是一個惡作劇——也有可能不是！所以，我建議您把這顆寶石交給我，由我保管到星期五，然後我們就可以隨心所欲了。」

女明星的臉上掠過一層淡淡的愁雲，她不自然地回答道：「恐怕那不可能。」

「您沒把它帶在身上，是嗎？」白羅仔細地注視著她。

那女人遲疑了一會兒，然後，把手伸進長袍的胸口處，掏出一條長長的細鍊子。她朝前傾身，鬆開了手。在她的掌心，托著一顆白得耀眼的寶石，它由白金鑲嵌，全身晶瑩透亮，璀璨奪目。

白羅深深吸了一口氣。

「了不起！」他低語道，「能讓我看看嗎，夫人？」他把寶石拿到自己手裡，仔細地審視了一番，然後又稍一躬身，還給了她。「真是一顆無與倫比的寶石，毫無一絲瑕疵，噢，令人驚豔！您把它帶在身上隨處亂跑，這不太好吧！」

「不，不，其實我非常小心，白羅先生。我平常總是把它鎖在我的首飾盒裡，並存放在飯店的貴重物品保存處。我們住在富麗飯店。今天我是為了讓您看看才帶在身上的。」

「那麼，你會交給我來保管嗎？你願意接受白羅老爹的建議嗎？」

「啊，是這樣的，白羅先生。星期五我們要到亞德利莊園去，和亞德利勳爵夫婦共度幾日。」

她的話使我隱隱約約想起了什麼。一些流言蜚語……是怎麼說的呢？幾年前，亞德利勳爵夫婦到美國訪問。有謠言說，勳爵大人在那裡和一些女士過從甚密，逸樂無度；不過，更多人繪聲繪影地把亞德利夫人的名字和一位加州男影星連在一起……啊！我的腦海突然閃出一個印象，那位影星正是格果里・羅夫。

「我告訴您一個小祕密，白羅先生，」馬維爾小姐繼續說，「我們和亞德利勳爵有筆交易。我們有可能在他家族的城堡裡拍攝一部電影。」

「在亞德利莊園嗎？」我頗感興趣。「啊！那可是英國的一大觀光勝地呀。」

馬維爾小姐點點頭。

「我猜那是真正的封建時期建築。但是，他索求的價錢很高。當然了，我還不知道這筆交易能否成交，不過，我和格果里一向寓商於樂。」

「可是——如果我言語唐突，敬請原諒，夫人——到亞德利莊園去，未必要佩戴這顆寶石吧？」

馬維爾小姐的眼睛裡掠過一種精明、嚴厲的神色，與她天真無邪的外表極不搭調，她看起來突然蒼老了許多。

「我想戴著鑽石去那裡。」

「對了，」我突然插了一句。「亞德利勳爵收藏了一些非常名貴的珠寶，其中就有一顆大鑽石吧？」

「是這樣。」馬維爾小姐簡短地應了一聲。

我聽到白羅喃喃地低語。「啊，這樣做太馬虎大意啦！」然後，他運氣奇佳地（但他總自詡為擅長心理分析）一語中的，大聲說道：「那麼看來，你和亞德利夫人是老朋友，或者說，你丈夫與她很熟悉？」

「她三年前去美國時格果里就認識她了。」馬維爾小姐說。她猶豫了一會兒，然後倉卒地加了一句：「你們有誰看過《上流八卦》週報嗎？」

我們兩人都面露愧色地含羞承認。

「我問這個是因為它這期刊登了一篇介紹著名珠寶的文章，而且非常奇怪——」她停住了。

我站起身，走到房間另一頭，取回那份報紙。她從我手裡接過來，找到那篇文章，開始大聲讀了起來。

在這些著名的鑽石中，有一顆叫「東方之星」，現為亞德利家族所擁有，它是亞德利勳爵的一位祖先從中國帶回來的，據悉，這顆寶石本身還有一個浪漫的傳奇故事。傳說這顆寶石是來自於一尊神像的右眼；不僅如此，在神像的左眼中也鑲嵌了一顆形狀、大小完全相似的寶石。然而隨著歲月流逝，那顆寶石也被人偷去了。「一隻眼睛將流落西方，另一隻則走往東方，終有一天，它們會再次聚合。那時，它們將歡欣鼓舞地回歸於神。」巧合的是，目前出現了一顆和描述十分吻合的寶石，被稱之為「西方之星」或「東方之星」。由著名電影明星瑪麗·馬維爾小姐所擁有。若有機會將兩顆寶石放在一起做比較，一定非常有趣。

她停住了。

「了不起！」白羅自語道，「毫無疑問，這是個精采的傳奇故事。」他轉向瑪麗·馬維爾小姐說，「您不害怕嗎，夫人？您沒有迷信嗎？您不怕把這兩顆一模一樣的寶石放在一起後，會突然出現一個中國人，猛的一下，變變變！嘿！把它們全都帶回中國去？」

他的語調有些誇張，但我聽得出，那聲音背後有一種嚴肅的意味。

「我不相信亞德利夫人的鑽石會有我這一顆這麼好。」馬維爾小姐說，「不管怎麼說，我要去看看。」

白羅又說了些什麼我沒聽見，因為那時候，門突然開了，一個長相英俊的男子闖進了房間。從烏黑的鬈髮到漆亮的皮靴，他的一身裝扮，完全符合一個傳奇英雄的形象。

「我說過要來找你，瑪麗，」格果里·羅夫說，「現在我來啦。好了，關於我們那個小小問題，白羅先生有何指教？只是一個大大的惡作劇——和我的想法一樣吧？」

白羅微笑地抬起頭，看著這位大明星，他們倆形成了滑稽的對比。

「不管是不是惡作劇，羅夫先生，」他冷淡地說，「我正在奉勸您的夫人，星期五不要攜帶寶石到亞德利莊園去。」

「我贊同您的看法，先生。我已經這樣對瑪麗說過，可是她呀，她是個徹頭徹尾的女人。我想她是絕對忍受不了另外一個女人的寶石比她閃亮。」

「胡說八道，格果里！」瑪麗．馬維爾尖聲說道，臉孔因憤怒脹得通紅。

白羅聳聳肩。

「夫人，我已經提出了忠告。除此之外，我無能為力。今天就到此為止吧。」

§

「啊哈，」他送他們出去，回來後說，「這些女人哪！他倒是個好丈夫，說話一針見血（一向如此不是嗎？）。不過他講話的方式不圓滑，太不圓滑啊！」

我把我模糊的記憶告訴了他，他用力點點頭。

「我也記得，總之，這件事背後有些古怪。老弟，我要出去散散步，請你一定要等我回來，我不會出去太久。」

正當我躺在椅子上快睡著之際，房東太太敲了敲門，把頭探了進來。

「又有一位女士要見白羅先生，先生。我告訴她他出去了，可是她說無論如何也要等。看起來她好像是從外地來的。」

「噢，把她帶到這裡來吧，瑪西森太太，也許我能為她做點什麼。」

過了一會兒，那位女士被領進房間。我的心突然一跳。我認識她！亞德利夫人的照片不時出現在上流社會報刊，不可能有人不認識她。

「請坐，亞德利夫人，」我說著，拉過一把椅子。「我的朋友白羅出去了，不過，他很快就會回來。」

她向我道謝，然後坐下來。這位女士和瑪麗·馬維爾小姐是截然不同的類型。高高的個子，黑黑的皮膚，目光炯炯有神，臉龐蒼白倨傲，但從她嘴唇的輪廓可以看出她若有所求。

我很想直接為她解決難題。為什麼不呢？有白羅在場的時候，我時常感到一種困難——我總不能表現出我最好的一面。無庸置疑，我的偵探才能也是在水準之上。

一時衝動之下，我俯身向前。

「亞德利夫人，」我說，「我知道您為什麼到這兒來——您接到了與那顆寶石有關的勒索信。」

毫無疑問，我的話一語擊中要害。她張大嘴巴瞪著我，面頰變得慘白。

「你知道了？」她倒吸一口氣。「你怎麼知道的？」

我笑了。

「根據非常符合邏輯的推理。如果馬維爾小姐收到警告信的話——」

「馬維爾小姐？她來過這兒？」

「她剛剛離開。正像我說的那樣，如果因為她握有雙生寶石中的一顆，而收到了一系列神祕警告信的話，那麼您這位另一顆寶石的擁有者，也一定收到了同樣的警告信。您明白這簡單的道理了嗎？我應該沒說錯吧？您也一定收到了那些奇怪的警告信，對吧？」

一時間，她猶豫起來，像在思忖我的話值不值得相信。然後她低下頭，露出一個淡淡的微笑表示贊同。

「確實如此。」她承認了。

「您的信，也是專人送過來的嗎——一個中國人送來的？」

「不，它們是郵寄來的。可是請告訴我，馬維爾小姐也遇到同樣的事情了嗎？」

我給她講述了上午的情況。她全神貫注地聽著。

「全都符合。我的信是那些信的複製。但它們是郵寄來的，不過，信紙上透著一股奇特的香味，燃香的氣味，它使我立刻就聯想到東方。這意味著什麼？」

我搖搖頭。

「這正是我們得找出的答案。您把那些信帶來了嗎？也許可以從郵戳中看出端倪。」

「非常不幸，我把信給毀掉了。你知道，當時我認為這只是愚蠢的玩笑。真可能有中國幫派想重新找回這些寶石嗎？太令人難以置信了。」

我們又回過頭來一遍一遍討論那些事，可是對揭開祕密沒有任何進展。最後，亞德利夫人站起身來。

「我無法再等候白羅先生了。您會把這些事告訴他，對吧？非常感謝您，您叫——」

她猶豫了一下，伸出了手。

「我名叫海斯汀。」

「是呀，我多蠢呀！您是凱文帝斯夫婦的朋友，對吧？正是瑪莉．凱文帝斯夫婦叫我來拜訪白羅先生的。」

我的朋友回來時，我很高興地告訴他這段時間發生的事情。他向我詳細盤問了我們談話的細節，我可以看得出他對自己竟然不在場頗感氣惱。我也猜得出這位可愛的老傢伙稍有一絲的嫉妒。他真的很愛小看我的能力，我認為他當下由於找不到任何漏洞批評而萬分懊惱。我暗地裡對自己相當滿意，雖然也極力掩蓋害怕激怒他這一事實。撇開一些個人的怪癖不說，我還是非常喜歡這位奇特的矮個子朋友。

「太好了！」他終於開口說話了，臉上的表情卻很奇怪。「事情持續在進展。請你把書架最上面的《貴族名冊》遞給我。」他翻開書頁。「啊！找到了！『亞德利……第十代子爵，曾經在南非戰爭中服役』……這些都無關緊要……『一九〇七年與第三代科特男爵之四女莫蒂．史道明頓女爵結婚』……『有兩個女兒，分別出生於一九〇八年，一九一〇年……社團、房產……』……夠了，這些並不能使我們了解更多情況。不過明天早上，我們就會見到這位貴族老爺！」

「什麼？」

「是的，我給他打了電話。」

「我還以為你對這件事撒手不管了呢！」

「我做這件事並不是為了馬維爾小姐，因為她已拒絕聽從我的勸告。我這麼做只是為了滿足自己的好奇心——赫丘勒・白羅的好奇心！所以，我必須插手這件事。」

「於是你就心安理得地給亞德利勳爵打電話，要他火速驅車進城來，遷就你的方便——我看他可不會太高興。」

「恰恰相反，如果我替他保住了他祖傳的寶石，他應該非常感激。」

「所以你認為它有可能被盜走？」我急切地問。

「絕對有可能。」白羅簡明扼要地回答，「每件事都指向這個發展。」

「可是，怎麼——」

白羅手一揮，制止了我急切的提問。

「現在別問，拜託你，別把我們兩人的思緒都打亂了。看看那本《貴族名冊》——你是怎麼放的！確定你已把最高的書放在書架頂層，把次高的書放在下面一排，以此類推。這樣，我們才會有秩序、方法，就像我經常告訴你的那樣，海斯汀——」

「好，好。」我匆匆回答，把那本可惡的書卷放在適當的位置上。

§

亞德利勳爵就像一個個性爽朗的大嗓門運動員，他臉色紅潤，態度友好，非常令人愉快，從而彌補了他愣頭愣腦的缺點。

「這事確實麻煩，白羅先生。令人一點也摸不著頭腦。看來好像是我妻子收到一些莫名其妙的信件，馬維爾小姐也收到過。這究竟是怎麼回事？」

白羅把那份《上流八卦》遞給了他。

「勳爵，首先，我想問您這件報導是否正確？」

那位爵爺接過報紙，讀著讀著，他的臉色黯沉下來，一臉憤怒。

「胡說八道！」他粗聲說道，「那顆寶石根本就沒有什麼傳奇歷史。我想它是從印度來的，我根本沒聽說過什麼中國神像的事。」

「可是，那顆寶石被稱為『東方之星』。」

「啊，是又怎麼樣？」他義憤填膺地反問道。

白羅微微一笑，但是沒有直接回答。

「勳爵，我想要請求您將這件事情完全交由我一手處理。如果您肯完全放手，我有把握避免這場災難。」

「那麼說，你認為這些胡說八道的故事並不單純囉？」

「您會照我說的做嗎？」

「我當然會，不過——」

「好！請允許我再問一些問題。出借亞德利莊園那件事，您是否和羅夫先生談妥了？」

「噢，他都告訴你了，是嗎？不，什麼也沒確定。」他猶豫起來，紅潤的臉龐沉了下來，「我直話直說好了。我是個十足的蠢蛋，做什麼都失敗，白羅先生——我已經債台高築，入不敷出——可是我想振作起來。我喜愛孩子，我要重整家業，希望還能在祖宗的莊園裡生活下去。格果里提出優厚的條件，足夠使我東山再起。但我不願意這麼做……我痛恨人家在我的莊園裡拍電影！可是我也許不得不這麼做，除非——」他停住了。

白羅銳利的目光盯著他說：「這麼說，您有別的打算？我做個猜測，好嗎？您是不是要賣掉『東方之星』？」

亞德利勳爵點頭。

「是的。它在我家已經傳過好幾代了，但它沒什麼重要性。不過，要找到一個買主也不是件容易的事。哈頓花園的霍夫伯格正在替我物色買主，不過他必須盡快找到人，否則就來不及了。」

「請允許我再問一個問題，亞德利夫人贊同這個計畫嗎？」

「噢，她強烈反對我賣掉那件珠寶。你也知道，女人嘛。她全力支持拍電影的事。」

「我了解了。」白羅說。他沉思了片刻，然後匆忙起身道：「您要立即返回亞德利莊園嗎？好！記得不要對任何人透露半點風聲——任何人，記住——但是，今天傍晚請等候我們前往。我們五點以後將趕到貴府。」

「好吧，可是我不明白——」

「這無關緊要。」白羅善意地說，「您希望您的鑽石安全無虞，不是嗎？」

「是的，可是——」

「那麼請按照我說的去做。」

這位貴族不知所措地離開了。

§

我們趕到亞德利莊園時，正是五點三十分，體面威嚴的男管家將我們引入大廳。我們眼前出現一個溫暖的景象：亞德利夫人和她的兩個孩子站在一起，滿頭黑髮的母親正驕傲地俯身呵護著她的兩位金髮幼子。亞德利勳爵站在近旁，微笑著注視他們。

「白羅先生和海斯汀上尉前來拜訪。」那位管家通報道。

亞德利夫人吃驚地抬起頭，她丈夫猶豫不決地邁步向前，用眼神乞求白羅指示。這矮個子對眼前的局面駕輕就熟。

「請原諒我的冒昧！我是為了調查馬維爾小姐之事而來。她星期五要造訪貴府，對吧？我先到一步是為了確保萬無一失。我還想問一下亞德利夫人，她是否保存了那些匿名信件的郵戳標記？」

亞德利夫人遺憾地搖頭。

「恐怕是沒有，我太傻了。可是你知道，我根本就沒把那些信當真。」

「你們要在這裡過夜嗎？」亞德利勳爵問。

「啊，勳爵，我們不敢打擾您，我們已經把行李留在旅社了。」

「沒關係，」亞德利勳爵得到了暗示。「我會派人去取。不，不，一點也不會打擾，我向你們保證。」

白羅裝出一副被說服的模樣，安心地在亞德利夫人身旁落坐，開始和兩個孩子逗著玩。不一會兒，他們混熟了，又拉著我參加他們的遊戲。

「真可愛。」當孩子們不情願地被一個神情嚴肅的保母拉走時，白羅優雅地躬身說道。

亞德利夫人整平她被孩子拉亂的頭髮。

「我好愛他們。」她有點哽咽地說。

「他們也愛您，這是天經地義的！」白羅又一躬身。

鈴聲響了，該換衣服進晚餐了，我們站起身朝我們的房間走去。正在此時，那位男管家手端托盤出現在門口，托盤上放著一份電報，他將電報交給了亞德利勳爵。勳爵抱歉一聲，打開電報。讀完電文，他臉色變得十分僵硬。

他嘟囔了一聲什麼，將電報遞給夫人。然後，他看了看我的朋友。

「請留步，白羅先生，我覺得您應該知道此事。這是霍夫伯格發來的電報。他說他找到了一個想要購買鑽石的買主，是個美國人，明天就要動身回國。他們今晚會派人來取那顆鑽石。可是，天哪，如果這事——」他停住不說了。

亞德利夫人已經轉身要走。她手裡還拿著那份電報。

「我希望你別賣掉它，喬治，」她說道，聲音很低。「它在這個家族已經傳承這麼多代了。」她似乎在等待回答，可是沒人做出回應，她的臉色嚴峻起來，聳了聳肩。「我要去換衣服了。我想我最好戴上那顆鑽石讓你們見識見識。」她轉身對白羅做了個小小的鬼臉。「它可是世界上最大的鑽石項鍊之一！喬治總是承諾說要重新為我設計那些鑽石，可是他從來沒做到。」她說著，離開了房間。

半個小時後，他們三人聚在會客室等待女主人再次露面。晚餐時間已經過去幾分鐘了。突然一陣窸窸窣窣的聲音傳來，亞德利夫人出現在門口，她身著一件白色長裙，光豔照人，一串晶瑩璀璨的項鍊環繞在她秀美的脖頸上。她停在原地佇立不動，一隻手輕輕觸著那條項鍊。

「再看一眼吧，」她興奮地說，低落的情緒似乎已消失無蹤。「馬上就要物易人手了。等我把大燈開亮，你們就會觀賞到全英國最大但式樣最醜的鑽石項鍊。」

燈的開關都在門的外面。當她伸出手摸開關的時候，意想不到的事情發生了——沒有任何預兆，所有的燈突然都熄滅了，只聽門砰的一聲響，從門外傳來了女人尖長刺耳的呼叫。

「天哪！」亞德利動爵喊道，「這是莫蒂的聲音！出了什麼事？」

我們摸黑朝門口亂衝，在一團黑暗中相互碰撞。過了幾分鐘我們才跑到出事的地點。一幅駭人的景象出現在眼前，亞德利夫人不省人事地躺在大理石地板上，潔白的脖頸上有一道勒紅的痕跡，那是項鍊被搶走後的傷痕。

我們一時間搞不清楚她是死了還是活著，當我們彎腰去看時，她的眼睛陡然睜開了。

「中國人，」她痛苦萬狀地喃喃道，「那個中國人……側門。」

亞德利勳爵大吼一聲，雙腳跳了起來。我緊隨著他轉身飛奔，一顆心劇烈地跳個不停。又是中國人！亞德利夫人指的那個側門在屋角轉彎處，離出事地點不到十二碼遠。我們趕到的時候，我叫了一聲。找到了，就在離門檻不遠的地方，我看見那條閃閃發光的項鍊，很顯然是竊賊慌忙逃命時扔下的。我欣喜萬分地俯下身去撿。緊接著，我又是一聲驚叫，旋即，亞德利勳爵也叫了一聲。因為在那條項鍊的正中間有個缺口——「東方之星」不見了！

「這表示，」我氣喘吁吁地說，「這些竊賊遠非等閒之輩。那顆鑽石才是他們的目標。」

「可是那傢伙怎麼能進到莊園裡來？」

「從這個側門。」

「可是這門平常是鎖著的。」

我搖搖頭。

「現在它就沒有上鎖。你瞧！」說著我手一拉，門就開了。

我拉門的時候，有件東西飄落到地上。我彎腰撿起。這是一片絲布，它的繡花飾邊說明了這是從中國人的長袍上扯掉的。

「在匆忙逃跑中，絲帶勾在門上了。」我解釋道，「快追，他可能還沒跑太遠。」

然而，我們的追趕和搜索都徒勞無功。在濃重夜色的掩護下，竊賊很容易抄捷徑逃走。我們追了一陣，不甘心地從原路返回。亞德利勳爵派一名僕人去報告警察。

亞德利夫人在白羅的悉心照顧下已經恢復過來，能夠向我們講述剛才發生的一切經過。

「我剛要伸手去開亮大燈，」她說，「這時，一個男人從我身後跳了過來。他一把抓住我脖子上那條項鍊，他的力氣那麼大，我一頭就栽倒在地板上。我倒下的時候，看見他穿過那個側門消失了。然後，我從他的辮子和繡著花邊的長袍可以看出他是個中國人。」她停下來，喘了口氣。

男管家又出現了，他低聲對亞德利勳爵說：「有位先生從霍夫伯格先生那裡來，主人。他說您在等他。」

「天啊！」那心煩意亂的貴族大爺叫了一聲。「我看，我還是去見見他好了，不，不是在這兒，馬林斯，我要在書房見他。」

我把白羅拉到一旁。

「喂，老傢伙，我們是不是最好先回倫敦去？」

「你這麼認為嗎，海斯汀？為什麼？」

「啊，」我故意咳嗽了一聲。「事情不太妙呀，不是嗎？我是說，你告訴亞德利勳爵說，要他把一切都交給你，你會妥善處理……可是現在呢，那顆鑽石就從你的鼻子底下消失不見了！」

「這倒是，」白羅有些垂頭喪氣地說道，「這算不上是我最得意的傑作。」

他這種看待事物的方式幾乎使我發笑，不過，我還是堅持己見。

「因此，在把事情弄得一團糟之後——請原諒我這麼說——你不認為我們應該立即離開才說得過去嗎？」

「可是，亞德利勳爵已經準備好的那頓晚餐怎麼辦？可以想見，那一定是一頓精緻的晚膳。」

「噢，還在提什麼晚膳不晚膳！」我不耐煩地說。

白羅受到驚嚇似地揮了揮手。

「天哪！你們這個國家的人竟然對口腹之欲這麼漠不關心，真是罪惡！」

「我們還有另一個應該立刻趕回倫敦的理由。」我堅持道。

「什麼理由，我的朋友？」

「還有另一顆寶石，」我壓低了聲音說，「馬維爾小姐的那顆寶石。」

「噢，什麼意思？」

「難道你還不明白嗎？」他一反尋常的愚蠢激怒了我。這個智多星今天是怎麼了？「既然他們已經有一顆到手了，自然會再去搶另外一顆。」

「了不起！」白羅叫了一聲，向後退了一步，滿懷欽佩地打量著我。「不過，你的腦子不知道想到哪裡去了，我的朋友！你竟然會以為我沒有考慮到那個問題！可是，時間還多得是。那要等到月圓之日，星期五！」

我疑惑地搖搖頭，所謂月圓之日的說法讓我渾身發冷。但我硬是跟白羅耍賴，於是，我們就立即離開了。動身前，我們給亞德利勳爵留下一張便條，解釋了我們離開的原因，並向他道歉。

我的想法是，我們立即趕到富麗飯店，向馬維爾小姐說明今天所發生的事，可是白羅否決了我的想法，他堅持說到第二天早上再告訴馬維爾小姐也不遲，我勉強同意了。

第二天早上，白羅好像極不願意出門。我開始懷疑，由於這件事他在開頭犯了錯誤，所以現在不想再碰這個案子了。我勸了他幾次，他倒有板有眼地向我說明，第二天的早報都已登載了亞德利莊園遭竊的詳細報導，我們要說的事，羅夫夫婦一定已經知道了。我不情願地同意了他的看法。

事情的結果證明我的預感是對的。大約兩點的時候，電話鈴聲響了，白羅接了電話。他凝神傾聽了一會兒，然後簡單說了聲「好，我這就去。」，就把電話掛了。他轉身看著我。

「你怎麼看這件事呢，我的朋友？」他半是激動半是難為情地說，「馬維爾小姐的寶石被偷走了。」

「什麼？」我大叫一聲，跳了起來，「所謂『月圓之日』你現在做何解釋呢？」他垂下了腦袋。「事情是什麼時候發生的？」

「據說是今天早上。」

我難過地搖搖頭。

「如果當初你聽了我的話就好了。你看，還是我說的對吧。」

「看來的確是如此，我的朋友。」白羅有所保留地說，「人們都說，表象是會騙人的。不過，看起來確實如此。」

在我們坐計程車匆忙奔赴富麗飯店的途中，我指出這個陰謀的實質所在。

「所謂『月圓之日』的說法是很聰明的，其用意在於使我們把焦點放到星期五，這樣，在星期五之前，我們就放鬆了警戒。很遺憾，你沒有體認到這一點。」

「是啊！」白羅輕描淡寫地應了一聲，他的冷漠暫時消失一陣後，又重新恢復了。「一個人不可能面面俱到吧！」

我替他難過，他確實痛恨任何失敗。

「振作一點吧，」我安慰地說道，「下次運氣一定好多了。」

到了富麗飯店，我們立刻被領進經理辦公室。格果里・羅夫和兩個蘇格蘭警場的人坐在那裡，一個臉色蒼白的職員則坐在對面。

當我們進來的時候，羅夫朝我們點點頭。

「我們正在釐清頭緒，」他說道，「可是這幾乎是匪夷所思。我搞不懂那個傢伙怎麼會有這個膽量。」

沒花幾分鐘，我們就了解了事情的全部經過：羅夫先生在十一點一刻離開了飯店，十一點半來了一位男子，長相與他神似，因此輕易就通過了門衛的檢查。那人進了飯店，來到貴重物品保管處，請服務員拿出首飾盒。然後他在收據上簽了名，在簽名的時候，他還隨意說了句：「啊，和我平常的簽名看起來有點不一樣。不過，我從計程車上下來的時候，手受了點傷。」服務員只是對他笑了笑，說看上去沒有什麼不一樣。羅夫笑著說道：「好了，不管怎麼說，別把我當成小偷送進監獄就好。我這陣子一直收到某個中國人寫來的威脅信，最糟糕的是，我本人的長相看起來確實像個中國佬，尤其是眼睛。」

「我看了看他，」那個臉色蒼白的職員告訴我們說，「立刻就理解那句話的意思了。他的眼角稍微向上斜，和東方人完全一樣。以前我從未注意到這一點。」

「這傢伙，真該死！」羅夫咆哮道，身子向前一傾。「現在你注意看看！」

那個職員抬頭看著他，一陣驚恐。

「啊，不，先生。」他說道，「您的眼睛不像個東方人。」

確實，那雙棕色、坦誠、正注視著我們的大眼睛，沒有一點像東方人的地方。

蘇格蘭警場的人咕噥道：「那個冒充的人真膽大。他想到人們也許會注意到他的眼睛，就故意以攻為守，打消人們的疑慮。他必定是看到你走出飯店，於是等你一走遠，他就立即進了飯店。」

「那個首飾盒怎麼樣了？」我問道。

「在飯店的走廊上被找到了。裡面只丟了一樣東西——『西方之星』。」
我們對視了一眼。整件事情竟這麼出人意料，這麼令人難以置信。
白羅輕快地碰了碰腳跟。
「恐怕我在這裡沒有多大用處，」他遺憾地說道，「我可不可以去見一見夫人？」
「她因受了驚嚇正臥病在床。」羅夫解釋道。
「那麼也許我可以和您單獨說幾句話，先生？」
「當然。」
五分鐘後，白羅又重新回到了房間。
「現在，我的朋友，」他快活地說道，「跟我到郵局去，我必須去發一份電報。」
「給誰？」
「給亞德利勳爵。」他挽起了我的手臂，以便打消我的提問，「走吧，走吧，我親愛的朋友。我知道你對這個倒楣的案子有什麼想法：白羅太遜色了！你，如果換作是你，問題也許早就迎刃而解。好了！所有的問題都問清楚了，我們把這件事情忘掉，去吃頓午餐吧。」
大約四點鐘，我們回到白羅的房間。這時從靠窗的一把椅子上站起了一個人，那人正是亞德利勳爵。他看上去面容憔悴，憂心忡忡。
「收到您的電報，我馬上就趕過來了。你知道，我順路去找了霍夫伯格，他們昨天根本沒派人到莊園去，也沒發那份電報。您認為這是——」

白羅抬了抬手。

「對不起，那份電報是我發的，那個人也是我雇的。」

「你……為什麼？這究竟是為什麼？」那個爵爺語無倫次地問道。

「我是想引爆危機。」白羅平心靜氣地解釋道。

「引爆危機！啊，我的上帝！」亞德利勳爵大叫一聲。

「我的計謀奏效了啊！」白羅興奮說道，「因此，勳爵，我很榮幸把這個歸還給您！」

他做了一個誇張的手勢，拿出了一件閃閃發光的東西，正是那顆大鑽石。

「東方之星！」亞德利勳爵大氣都不敢出。「可是我不明白——」

「不明白？」白羅道，「沒關係。請相信我，我非常有必要讓這顆鑽石失竊。我答應過你，要替你保管這顆鑽石，我履行了諾言。你也必須答應我，替我保守這個小小的祕密，我還請您務必轉達我對亞德利夫人最深切的敬意，並且告訴她，我至感榮幸能把她的鑽石歸還給她。今天天氣不錯，是吧？再見，勳爵。」

他臉上洋溢著微笑，嘴上滔滔不絕地說著，這個迷人的矮個子，將那個慌張茫然的貴族送到了門口。然後轉身回來，還輕輕地搓著他的手掌。

「白羅，」我問，「難道我精神錯亂了嗎？」

「沒有，我親愛的朋友。只是，你像往常一樣，被蒙在鼓裡了。」

「你是如何拿到那顆鑽石的？」

「從羅夫先生那裡。」

「羅夫？」

「是的。那些警告信件，那個所謂的中國人，還有《上流八卦》上的那些文章，全都出自羅夫先生那個簡單的腦子！兩顆所謂極為神似的鑽石，其實並不存在。事實上只有一顆鑽石，我的朋友！最初，這顆鑽石是亞德利家族的收藏品，但三年來，它實際上屬於羅夫先生所有。今天早上，藉著眼角上的一撇油彩，他輕輕鬆鬆就把那顆鑽石偷走！啊，我真應該去看他演的電影，他確實是一位出色的表演家，這我敢打包票！」

「不過，為什麼他要偷自己的鑽石呢？」我迷惑不解地問。

「有許多原因。首先，是因為亞德利夫人開始變得難以駕馭。」

「亞德利夫人？」

「你知道，到加州時，她常常獨守空閨，因為她的丈夫老在其他地方尋歡作樂。羅夫先生英俊瀟灑，有一種浪漫氣質。不過，恰好相反，他其實很有生意頭腦，所以他使亞德利夫人墜入情網，然後，他就開始訛詐她。那天晚上，我盤問了夫人相關的事實，她都承認了。她發誓說，她只是一時糊塗，我相信她了。不過，毫無疑問，羅夫手裡握有她的信件，這些信件可以被解釋成不同的意義。由於害怕離婚，害怕和她的孩子分離，她同意羅夫的一切要求。可是她自己又沒錢，於是她就被迫送給他一件珍品換回她的那些信件。

「『西方之星』出現的日期太湊巧了，這立刻引起了我的注意。一切都有條不紊地在進行。亞德利勳爵準備重新振作起來，而且竟然打算出讓那顆鑽石，如此一來，那顆替代品就會被發現。亞德利夫人焦急萬分地給剛到英國來的格果里．羅夫寫信，告訴他所有的情況。他安慰她，答應把一切都安排妥當，也就是說，安排一次雙重盜竊。這樣，他就能封住那位夫人的嘴——可以想像，假如不這樣，她也許會把真相告訴丈夫，這麼一來，對我們的訛詐者格果里．羅夫就一點好處也沒有了，再說，他不僅可以得到五萬英鎊的保險金（難道你忘了這點嗎？），而且仍然得以擁有那顆鑽石！正在此時，我插手管了這件事。我派人送去電報，說有個鑽石專家將要抵達亞德利勳爵府上。亞德利夫人像我預料中的那樣，立刻安排一次鑽石失竊事件——她也確實做得天衣無縫！不過，赫丘勒．白羅看事情可是只講究事實。事實上是怎樣的呢？那位夫人關掉了所有的燈，也閉上了房門，並且將項鍊扔到走廊上，然後大叫起來。她在樓上早就把那顆鑽石用鑷子取下來了——」

「可是我們都看見那條項鍊戴在她脖子上呀！」我表示異議。

「請你注意，我的朋友，她的手當時掩蓋著那個露出缺口的地方。而把一片絲布提前吊在門上簡直是小孩們的把戲！當然了，羅夫一聽到那件盜竊案，他就立刻著手安排自己的小把戲，他表演得相當出色！」

「你跟他談了些什麼？」我充滿好奇地問道。

「我對他說，亞德利夫人把所有事情都告訴了她的丈夫，我被授權重新追回那顆鑽石。如果那顆鑽石不立刻轉到我的手裡，以前的事情就會東窗事發。我還加油添醋了一番，他就任由我擺布了。」

我將整個案件前前後後仔細想了一遍。

「這對瑪麗．馬維爾小姐來說好像有點不公平，她失去了她的鑽石，可是她並沒有絲毫的過錯。」

「哈！」白羅冷酷地說道，「她等於做了一次聲勢浩大的宣傳，她關心的也只是這些，那種人！不過，說到另一個女人，那就不同了。她是典型的賢妻良母，女人味十足！」

「是嗎？」我懷有疑慮地問道，難以苟同白羅對女人的看法。「我想是羅夫寄給她那些信件的吧。」

「絕對不是，」白羅輕快地說道，「她本來聽從瑪莉．凱文帝斯的勸告，找我幫助她擺脫困境，但當她聽說瑪麗．馬維爾小姐也來過這兒——她知道那是她的敵人——就立刻改變主意，並隨機應變利用了可以說是你提供給她的藉口——問兩個問題我就了解是你跟她講了那些所謂的詐信，而不是她告訴了你這些情況！她把握機會，利用了你告訴她的內容。」

「我不信！」我痛苦地叫道。

「好了，好了，老弟，你不學習心理學實在是很遺憾。是她告訴你那些信都毀掉了嗎？哎呀呀，除非萬不得已，女人是絕不會毀掉一封信的，更別說是謹慎的女人了！」

「事情是圓滿解決了！」我說道，但我的怒氣在不斷上升。「你卻把我當成傻瓜在耍，從頭耍到尾！好，事情過後再做一番解釋固然無可指責，但凡事總有個限度！」

「可是你一直在自我陶醉，我的朋友，我實在不忍心打破你的美夢。」

「你太可惡了，這一次你做得太過分了。」

「天哪！你莫名其妙在生什麼氣啊！」

「我受夠了！」

我狠狠一甩房門跑了出去。白羅讓我成為一個大笑柄，我決定要讓他受一次嚴厲的教訓。我要過一段時間才能原諒他：他竟然放任我變成一個大笑話！

02

馬斯頓莊園的悲劇

Poirot Investigates

我因事離城好幾天，等我回來時，看見白羅正準備收拾他的小旅行包。

「來得正是時候，海斯汀，我原來還擔心你不能及時趕回來和我一起去呢。」

「這麼說，又有案子需要你出門了？」

「是的，雖然我答應了，但初步看來，這件事不怎麼樂觀。北方聯合保險公司請我去調查一位名叫馬特雷弗先生的死亡案件，他在幾週之前向他們公司投保了高達五萬英鎊的鉅額人身保險。」

「是嗎？」我很感興趣地問。

「當然了，在保險單上列有自殺條款的規定，如果他在一年之內自殺的話，保險費將被沒收。馬特雷弗先生接受過公司醫生的仔細檢查，雖然他稍微過了年富力強的壯年時期，但是身體健康狀況還相當好。然而，就在上個星期五，也就是前幾天，在埃塞克斯郡馬斯頓莊園他自己的房間裡，有人發現了馬特雷弗先生的屍體，他死亡的原因被診斷為內出血。這件事本身並無令人大驚小怪之處，但是有謠傳說，馬特雷弗先生的經濟狀況早已搖搖欲墜。北方聯合保險公司也調查清楚，這位老先生已經瀕臨破產邊緣，所以事情就有了很大的改觀。馬特雷弗先生有位年輕漂亮的妻子，有人說他之所以把全部的現金都拿出來買人壽保險，就是為了妻子，之後他就自殺了。這種事情不算特別，不過我的朋友艾佛德．賴特還是請我無論如何調查一下這個案件，他是北方聯合保險公司的經理。但是，正如我告訴他的那樣，我對此事不抱希望。如果死亡的原因是心臟病，也許還有可為，因為每當地方安養機構查不出病患的死因時，就會拿心臟病發作作為交代；但是，內出血就相當明確了。不過，我們還是去做一些必要的調查。請在五分鐘內收拾好你的行李，海斯汀，然後我們搭計程車到利物浦街去。」

一個小時後，我們從馬斯頓車站下車，在車站的詢問處，我們獲悉馬斯頓莊園離這兒大約有一英里的路程。白羅決定步行前往。於是，我們就沿著大街向前走。

「我們這次的計畫是什麼？」我問。

「首先，我要去拜訪那位醫生。我已經搞清楚了，在馬斯頓只有一位醫生，他是羅夫．伯納德醫生。啊，我們已經來到他的寓所。」

醫生的房子是那種高級一點的農舍，離公路稍微遠一點，門前的銅牌上刻有醫生的名字，我們沿著門前的小路上了台階，按響了門鈴。

結果事實證明，我們選擇這個時間拜訪是非常幸運的，此時正是醫生看診的時間，而眼下又沒有病人在等候。伯納德醫生是位上了年紀的人，高聳的肩膀，有些駝背，待人接物的態度很令人愉快。

白羅做了自我介紹，向他解釋了我們此次拜訪的目的，並且告訴他保險公司對此類事故要做徹底的調查。

「當然，當然。」伯納德醫生含糊地應道，「在我看來，像他這麼富裕的人，一定為自己投保了一大筆保險金吧？」

「醫生，您認為他是一個富人？」

醫生表現出相當吃驚的神色。

「他難道不是嗎？他有兩輛汽車，您知道，而且馬斯頓莊園占地廣闊，要維持下來並不容易，雖然我相信他買下這個莊園時價錢很便宜。」

「我聽說他近來遭受了龐大的損失。」白羅說著，密切注視著房門。

可是，醫生只是難過地搖搖頭。

「是這樣嗎？那麼他的妻子就是十分幸運了，有了這一大筆保險金。她是個非常漂亮、迷人的年輕女人，不過，她被這次可怕的災難嚇得六神無主。可憐的人，她受了很大的驚嚇，我盡我所能地給她治療。可是，當然了，這個打擊相當沉重。」

「您一直替馬特雷弗先生看病嗎？」

「我親愛的先生，我從來不給他看病。」

「什麼？」

「據我了解，馬特雷弗先生是個基督教科學派[1]的信徒，或者是諸如此類的人物。」

「不過，是您檢查屍體的吧？」

「當然了。他的一個園丁把我叫去了。」

「死亡的原因很明白嗎？」

「無庸置疑。他的嘴唇上有血，身體的內臟一定也大量出血了。」

「人們發現他屍體的時候，他還在原地躺著嗎？」

「是的，屍體沒被動過，他躺在一個小花園的旁邊，一支小小的獵槍就放在他的身旁，很明顯，那是打烏鴉用的。內出血一定發生得十分突然，毫無疑問，是胃出血。」

「有沒有可能是被人開槍打死的？」

「噢，天啊！」

「是這樣的，」白羅怯怯地說，「如果我沒記錯，最近發生過一樁謀殺案，驗屍的醫生首先診斷為心臟病突發，但在當地警察指出被害人的頭部有子彈穿過的痕跡時，他才改變了結論。」

「您在馬特雷弗先生的屍體上找不到任何子彈擦傷。」伯納德醫生語調不悅地說，「好了，先生們，如果沒有進一步的問題——」

我們明白了他的意思。

「再見，非常感謝，醫生，非常感謝您撥冗回答了我們的問題，順便問一下，您認為沒有必要做屍體解剖嗎？」

「當然沒有！」醫生的情緒有些失控。「死亡的原因非常清楚，身為一名醫生，我覺得

1 基督教科學派（Christian Scientist），基督教的一派，創立於一八七九年，信奉「信仰療法」。

不該再令死者家屬受到無謂的打擾。」

說完話，醫生轉身離去，當著我們的面將門狠狠關上了。

「海斯汀，你對伯納德醫生有何看法？」當我們走在通往馬斯頓莊園的路上時，白羅這樣問我。

「老頑固一個。」

「沒錯，你對人的性格的判斷總是非常深刻，我的朋友。」

我不自在地瞥了他一眼，但是他說這話時，看來非常嚴肅。然而，一種異樣的光芒閃過他的眼睛，接著，他狡黠地加了一句：「也就是說，那個漂亮女人過關了！」

我冷冷地看了看他。

我們到達莊園的時候，一位中年女僕為我們開了門。白羅把他的名片遞給她，還交給她一封保險公司給馬特雷弗夫人的信，她把我們帶進一個小小的客廳，然後就出去向她的女主人通報。大約過了十分鐘，門又開了，一個穿著寡婦喪服的窈窕身影站在門口。

「您是白羅先生嗎？」她遲疑不決地問。

「是的，夫人！」白羅優雅地站起身來，疾步向她迎了過去。「這麼莽撞來打擾您，我不知道有多抱歉。您可以談談嗎？這些惱人的俗務是不知道憐憫的。」

馬特雷弗夫人伸出手來，讓白羅把她領到一把椅子前，她的眼睛哭得紅紅的，但是那暫時的悲哀卻難以掩飾她那驚人的美貌。她年紀大約在二十七、八歲，氣質高雅，一雙湛藍的大眼睛，嘴唇微微上翹，非常漂亮。

「是有關我丈夫保險的事情，對吧？可是，我現在必須去面對這些問題嗎？有這麼急迫嗎？」

「振作起來吧，夫人，振作起來！您知道您丈夫為自己投保了相當鉅額的保險，這種情況下，保險公司一定要查清楚詳細情況。他們已授權我辦理此事。您可以完全放心，我會盡我最大的努力幫助您，使您不至於太難過。您是否願意向我簡單說一說，星期五發生的那件悲劇呢？」

「當時我正在準備茶點，我的一位僕人回來了，他是一名園丁，他說他發現——」

她的聲音微弱得聽不見了，白羅滿懷同情地拍了拍她的手。

「我了解，我了解！那天下午稍早的時候，您見過您的丈夫吧？」

「自從午餐過後就沒見到了。我步行到村子裡去買一些郵票，我知道他是到附近一帶閒逛。」

「他是去打烏鴉，是嗎？」

「是的，他經常帶著小獵槍，我還聽到遠處傳來一兩聲槍響。」

「他打烏鴉用的那支小獵槍現在在哪裡？」

「我想它還在廳廊裡。」

她帶我們走出小客廳，找到那支小獵槍，把它遞給白羅。白羅接過來，仔細查看。

「看來發射過兩顆子彈。」他檢查過之後，又把它還了回去。「現在，夫人，不知道我可否——」

他故意停頓了一下。

「僕人會帶您去的。」她喃喃低語道，把頭垂了下去。

女僕被召進來，帶白羅到樓上去，我留下來陪著那位美麗又不幸的女人，不知是該說話，還是保持沉默。我做了一兩次努力，隨便說了幾句，她都回答得心不在焉。過了幾分鐘，白羅回來了。

「非常感謝您的盛情接待，我認為就此事而言，您無須再受到打擾。順便問一句，您了解您丈夫的經濟情況嗎？」

她搖了搖頭。

「我一無所知，我對生意上的事毫無所悉。」

「我明白。那麼您丈夫為什麼突然決定要投保人壽保險，您大概也難以給我們提供線索了？他以前沒想過這麼做吧？」

「嗯，我們結婚剛剛一年多一點。不過，他之所以要投保人壽保險，是因為他感覺到他不會活太久了，他對自己的死有一種強烈的預感。我知道他以前有過一次內出血，他也知道，如果再來一次，一定會就此送命。我千方百計想把他那些可怕的念頭驅散掉，可是都沒用。哎，他的預感太準確了！」

淚水從她的眼裡奪眶而出，她不失優雅地向我們道別。

當我們一起沿著車道走的時候，白羅做了個招牌的手勢。

「好了！回倫敦去吧，我的朋友，沒有不尋常的情況。可是——」

「可是什麼？」

「只有一點矛盾之處，就是如此！你沒注意到？不過，生活到處都充滿了矛盾，可以肯定的是，這個人不會自殺，也沒有毒藥能讓他滿嘴冒血。不，不，我必須讓自己相信這樣的事實：這裡的一切都一清二楚，毫無問題……咦，那人是誰？」

一個高個子年輕人正沿著道路朝我們大步走來，當他經過我們身邊的時候，沒有任何表示。不過，我注意到，他的相貌不難看，長著一張消瘦的臉，皮膚是深古銅色，這是在熱帶生活過的跡象。一名園丁正在打掃樹葉，他停下了手上的工作，稍事休息一下。白羅趕忙朝他跑去。

「請您告訴我，那個年輕人是誰？您認識他嗎？」

「我想不起來他的名字，先生。不過，我聽說他上星期曾在這兒住過一個晚上，那是星期四。」

「快，我親愛的朋友，我們跟著他。」

我們沿著公路疾步向前，跟在那個不斷走遠的人影身後。我們的獵物朝大房子的陽台上看了一眼，瞥見了一個身穿黑衣的身影，就突然掉轉了方向。我們在後面跟著他，於是，我們就看到了下面的場景。

馬特雷弗夫人站在原處，身影晃動了一下，她的臉色可以明顯看出突然發白了。

「你，」她喘著氣說道，「我還以為你已經上船，現在正往東非去的途中呢。」

「我從我的律師那兒聽到一些消息，便延遲了行程。」那個年輕人解釋道，「我那位住在蘇格蘭的老叔叔突然死亡，給我留下了一些錢。所以，我認為我最好還是取消我的行程。然後，我從報紙上看到了這個令人難過的消息，於是過來看看能否做些什麼；也許您需要人幫忙照料事務。」

這時，他們看見了我和白羅。白羅走上前來，連連道歉解釋，說他把他的手杖忘在客廳了。在我看來，馬特雷弗夫人極不情願地為我們做了介紹。

「這位是白羅先生，這位是布萊克上尉。」

接著，我們隨便聊了幾分鐘。在聊天的時候，白羅弄清了如下事實：布萊克上尉現在住宿在一家旅館。那支所謂的被遺落在客廳裡的手杖當然沒找到（這並不令人奇怪）。白羅又連連道歉，然後我們就走了。

我們大步趕回村莊，白羅直接奔往那家旅館。

「我們要在這兒等到我們的朋友布萊克上尉回來，」白羅解釋道，「你注意到了嗎？我特別強調我們要坐頭班列車返回倫敦，也許你認為我們真的會按我所說的做，但是不會的——你看到馬特雷弗夫人的臉色了嗎？當她看到這位年輕的布萊克時非常吃驚，而且他

——天哪，他忠心耿耿，你不這樣認為嗎？星期四晚上他在這裡，那正是馬特雷弗先生死亡的前一天。海斯汀，我們必須調查布萊克上尉在這兒的活動。」

半個小時後，我們看見我們的目標正在走近旅館，白羅出去迎向他，和他攀談了幾句，順便把他帶到我們的房間。

「我剛才一直在向布萊克上尉解釋我們來這兒的使命。」他對我解釋道，「你可以理解，上尉，我急於想了解馬特雷弗先生死前的精神狀態，而同時呢，我又不願意再向馬特雷弗夫人追問令她感到痛苦的問題，這樣做會增加她的悲傷。而您在事發之前碰巧在她家，正好可以向我們提供有價值的線索。」

「只要辦得到，我會竭盡全力幫助您，我保證。」這位年輕軍人回答道，「不過，恐怕我沒有注意到太多異常的情況。您知道，雖然馬特雷弗是我的一位老朋友，但是我本人並不怎麼了解他。」

「您到這裡來……是什麼時候？」

「星期四下午。我星期三上午進城去了。因為我的船在十二點左右從提伯雷開過來，但是我得到一些消息，使我改變了計畫，我敢說，您已經在我向馬特雷弗夫人解釋的時候聽說了。」

「您是要返回非洲東部嗎？」

「是的，自從大戰以後，我一直在那裡服役，那是一個了不起的地方。」

「沒錯。現在，請告訴我，星期四晚上吃飯的時候，你們都談了些什麼？」

「噢，都是一些臨時想到的話題。馬特雷弗向我的家人表示問候，然後我們討論了德國戰敗後賠款的問題，接著馬特雷弗先生又問了許多東非的事情，我給他們講了一兩件軼聞趣事。大概就這些吧。」

「謝謝。」

白羅沉默了一會兒。然後，他輕輕地說道：「請您准許我做一個小小的實驗。剛才，您已經告訴我您的意識所知道的事，現在我想詢問一下您的潛意識所感覺到的情況。」

「是做精神分析嗎？」布萊克警覺起來。

「噢，不，」白羅語調懇切地說道，「您看，就像這樣，我給您提示一個字眼，您用另外一個字眼來回答，就是這樣反覆說下去，說您最先想到的任何字眼都可以。我們可以開始了嗎？」

「好吧。」布萊克慢吞吞地說道，他的表情很不自在。

「請記下我們的話，海斯汀。」白羅說完便從口袋裡取出他的大懷錶，把錶放在他身邊的桌子上。「我們要開始了：白天。」

稍稍有一會兒停頓，然後，布萊克回答道：「黑夜。」

白羅像這樣繼續說下去，對方的回答也愈來愈快了。

「名字。」白羅說。

「地點。」
「伯納德。」
「蕭。」
「星期四。」
「晚餐。」
「旅行。」
「船。」
「國家。」
「烏干達。」
「故事。」
「獅子。」
「打烏鴉的獵槍。」
「農場。」
「開槍。」
「自殺。」
「大象。」
「象牙。」

「錢。」

「律師。」

「謝謝您，布萊克上尉。也許我半小時之後再跟您談幾分鐘，好嗎？」

「好的。」

這位年輕軍人奇怪地看了看他，然後站起身，擦了擦眉毛上沁出的汗珠。

「好了，海斯汀，」當他把門關上時，白羅微笑地看著我。「現在你明白這一切了，對不對？」

「我不明白你在說什麼。」

「難道這些字眼對你來說都沒有意義嗎？」

我仔細地看了一遍，但無可奈何地搖了搖頭。

白羅說：「我來幫你吧。剛開始呢，在正常的限度內，布萊克回答得很好，沒有任何停頓，由此，我們可以知道，他沒有掩蓋事實的意圖。比如說用『白天』對『黑夜』，用『地點』對『名字』都是很正常的聯想。我開始用了一個詞『伯納德』，這或許會使他想起那位醫生，但很明顯，他沒有。在我們後來的談話中，他用『晚餐』對我的『星期四』，但是『旅行』和『國家』所得到的回答卻是『船』和『烏干達』，這表示國外的旅行對他來說才是重要的，他到這裡來的這次旅程並不重要。『故事』使他想起了午餐時講過的一個『獅子』的故事。我進一步又說『打烏鴉的獵槍』，他就不假思索地對了一個『農場』，當我說

『開槍』的時候，他馬上對了一個『自殺』，這種聯想似乎是很清楚了：他認識的一個人在農場上的什麼地方用打烏鴉的獵槍自殺了。而且，記住，他腦子此時還在想著他晚餐時講的故事。我認為如果我把布萊克上尉叫過來，請他重複星期四晚上他在餐桌上講過的自殺故事，你一定會同意，我即將可以揭開事實真相。」

布萊克在這件事上倒是非常直截了當。

「是的。現在我想起來了，我當時確實給他們講過那個故事。有個傢伙在一個農場上開槍自殺了，用的就是一支打烏鴉的獵槍，他把槍口對準上顎，子彈打進了腦子。醫生根本就不會懷疑是自殺，除了嘴唇上的一點血跡之外，沒有任何其他跡象。不過這——」

「這與馬特雷弗先生有什麼關係呢？你想這樣問，是吧？我看得出你應該還不知道，當人們發現他的時候，他身旁就放著一支打烏鴉的獵槍。」

「您是說，我講的故事提醒了他……噢，那太可怕了！」

「您不需要責備自己，因為不管您有沒有說，事情仍舊會發生。好了，我必須打電話到倫敦。」

白羅在電話上談了許久。回來之後，他陷入了沉思。那天下午，他獨自一人出去了，到了晚上七點，他才說他不能再拖延了，他必須把消息告訴那位年輕寡婦。

我的同情心已經毫無保留地轉向她那一邊，她被獨自一人撇在空虛的世界上，分文皆無，而且得知自己的丈夫是為了給她一個穩定的生活才開槍自殺，這對任何女人來說，都是一個難以承受的沉重打擊。然而，我還是懷有一個祕密的願望，希望在她度過這一陣悲痛之後，那位年輕的布萊克會對她有所安慰。很明顯，他非常愛慕她。

我們和那位夫人的會面是令人痛苦的，她一開始拒絕相信白羅所講的事實，後來，當她被說服之後，便泣不成聲，人霎時垮了下來。

驗屍結果證實了我們的猜測。白羅很替那個可憐的女人感到難過，可是，不管怎麼說，他是受雇於保險公司，他又能怎麼樣呢？當他正準備離開時，他輕聲對馬特雷弗夫人說：

「夫人，您應該知道，根本沒有死人。」

「您這是什麼意思？」她結結巴巴地說，眼睛瞪得大大的。

「您難道沒參加過招魂術表演嗎？替家屬招魂，您知道。」

「我聽人說過。不過，您不會真的相信招魂術吧？」

「夫人，我見過一些稀奇古怪的事情。您知道村裡的人都說這幢房子鬧鬼，對吧？」

她點點頭。正在這時，女僕進來稟告說晚餐已經備好。

「你們願意留下來吃點東西嗎？」

我們欣然接受，我感覺到我們的在場好像更加重了她的悲痛。

我們剛吃完了飯，門外突然傳來一聲尖叫，還有爆竹的聲音。我們跳了起來。那個女僕又出現了，她的手捂著胸口。

「有個人……現在就站在走廊裡。」

白羅衝了出來，很快又回來了。

「沒看見人呀。」

「沒有嗎，先生？」那個女僕聲音微弱地問道，「噢，它確實嚇了我一跳！」

「怎麼說？」

她的聲音成了喃喃低語。

「我認為……我覺得那是我們家的男主人，看起來很像他。」

我看得出馬特雷弗夫人受到了巨大的驚嚇，我的腦子閃過一個古老的迷信傳說，說自殺的人是不會安息的，我猜她也想到了這一點。幾分鐘過後，她突然叫了一聲，抓住了白羅的手臂。

「您沒聽見什麼聲音嗎？有人在窗戶上連拍了三下？當他繞著這房子走的時候，他總是這樣做。」

「是常春藤，」我叫道，「是風吹常春藤打在窗戶上的聲音。」

但是，我們大家都感到一陣恐懼。那個女僕被嚇得不知所措。用完餐之後，馬特雷弗夫人懇求白羅不要馬上離去，很顯然的，她害怕一個人待著，於是我們就在那個小客廳裡坐了下來。

風刮得更大了，繞著房子呼嘯，聽上去令人毛骨悚然。有兩次，房門的門閂像是沒閂好，門被輕輕地打開，每次她都嚇得氣喘吁吁緊緊抓著我的手。

「啊，這門中邪了！」白羅終於憤怒地喊道。他跳起來，把門再次關上，然後又轉動了一下門把，把門鎖上。「這回我可把它鎖牢了！」

「別那樣做，」她喘息著說，「萬一現在又開了——」

她的話還沒說完，不可能的事情還是發生了，鎖好的門又慢慢打開了！從我坐的地方無法看清走廊，但是她和白羅都面對著走廊，她長長地吸了口氣，轉向他說：「您看見他了嗎？就在走廊那邊！」她叫道。

白羅滿臉迷惑地凝視著她，然後搖了搖頭。

「我看見他了……我的丈夫……您一定也看見他了吧？」

「夫人，我什麼也沒看見。您情緒不太好，您神經有些錯亂——」

「我十分清醒，我……噢，上帝呀！」

突然，沒有一點兒徵兆，燈光陡地閃爍搖曳，然後全都熄滅了。從黑暗中，傳來三聲很響的叩門聲，我能聽見馬特雷弗夫人在痛苦地呻吟。

緊接著——我也看見了！

樓上那個躺在床上的人，現在正站在那裡面對著我們，眼裡發出微弱、鬼怪似的光芒，他的嘴唇上還沾有血跡。他伸出他的右手向前指點著。突然，從那鬼影身上似乎閃出一道奪目的光亮，那光亮越過白羅和我，停在馬特雷弗夫人身邊。我看見她嚇得慘無人色，還看見其他東西！

「我的上帝，白羅！」我叫道，「看看她的手，她的右手，全被鮮血染紅了！」

她的目光也落到自己手上，一見之後，她跌倒在地板上。

「血！」她歇斯底里地喊道，「是的，是血。是我殺了他，是我幹的。他正在給我講解怎麼用槍，然後我就把我的手放在扳機上，扣響了它。救救我呀，把我從他身上拉開，救救我！他又回來了！」

她長長地嗚咽了一聲之後，便不再吭聲了，一時萬籟俱寂。

「開燈！」白羅迅速說道。

燈全被打開了，她像被施予了魔法一般動彈不得。

「這就對了，」他接著說，「你都聽到了嗎，海斯汀？還有你，艾渥瑞，你也聽到了嗎？噢，引見一下，這位是艾渥瑞先生，一位相當出色的戲劇表演家。今天下午，我打電話給他。他化裝得很成功，對不對？非常像那位死去的老人；再加上一支袖珍電筒和必要的磷光，便把場景布置得相當合適。如果我是你，海斯汀，我就不會去碰她的右手。那是些紅顏料塗抹而成的，當燈關掉的時候，我抓住了她的手——這下你都明白了吧。順便說一句，我們絕對不能誤了我們的火車。傑派探長就在窗戶外面——一個不怎麼舒服的夜晚——不過，時不時地在窗戶上拍打幾下，或許能讓他打發掉一些時間。」

「你知道，」當我們在風雨中匆忙行走時，白羅接著說，「這裡面有一點小小的疑問，那位醫生認為死去的先生是一個基督教科學派信徒——除了馬特雷弗夫人之外，誰會給他這種感覺？但是面對我們時，她又說他對自己的健康狀況非常擔憂；而且看到那位年輕的布萊克重新出現時，為什麼她那樣驚惶失措呢？最後一點是，雖然我知道，一般而言，一個女人喪夫新寡時，總要適度地表現出傷悲之情，但她的眼影也塗得太黑了吧？你沒有注意到是不是，海斯汀？沒有？我就說嘛，你永遠看不到重點！

「好了，這事件存在兩種可能性。一是布萊克講的故事為馬特雷弗先生提供了一種簡單的自殺方式；另一種可能性是，他的另一位聽眾就是那位妻子，她同樣也看到了一種製造謀殺的簡單方式。我傾向於後一個觀點。若他是依那個故事所講的方法向自己開槍，他很可能會用大腳趾來扣動扳機——至少我是這麼想的。如果馬特雷弗先生的屍體被人發現時是脫掉了一隻靴子，那就可以肯定他是自殺的——我們都聽說過類似的事件。

「所以，正像我說的那樣，我認為這是一樁謀殺案，而不是自殺事件。但是，我知道我的推理沒有半點證據，於是，就有了今天晚上這場精心安排的小小喜劇。」

「直到現在，我還是不能完全明白這樁罪行的來龍去脈。」我說。

「那就讓我們從頭開始吧。有這麼一個精明能幹、詭計多端的女人，她知道丈夫的財務狀況出了問題，而且，她也對這位年邁的伴侶感到厭倦——她當初嫁給他只是為了他的錢。於是，她就說服他為自己投了鉅額的人壽保險，之後千方百計地想辦法實現自己的目標。一樁偶然的事件給她提供了靈感，就是那位年輕軍人所講的奇特故事。第二天下午，在她以為那位年輕人已經在海上航行的同時，她和她的丈夫到田野裡散步。『昨天晚上講的那個故事多奇怪呀！』她故意這麼說，『一個人真能那樣把自己給打死嗎？你做給我看看那是不是有可能！』那個老傻瓜，他就表演給她看。他把獵槍伸進自己的嘴裡，她則彎下腰，把手指放在扳機上，笑著對他說：『好了，先生，假如我扣動扳機怎麼辦？』

「然後，然後，海斯汀，她真的扣了扳機！」

03

租屋奇遇記

Poirot Investigates

到目前為止，在我記錄的案件中，白羅所接手的都是些重大刑案，比如謀殺案或搶劫案，面對這些案件，他都是從中經過一系列的邏輯推理，最後才得出結論，找出事實真相，取得最後的勝利。現在我要講的這件案子，我將按照時間順序，從首先引起白羅注意的一系列小事講起，它們最後串成了一個極其離奇的重大事件。

有一天傍晚，我和我的老朋友傑拉·帕克在一起，除了我們倆之外，當時還有五、六個人在旁邊。只要一談起在倫敦找房子的話題，帕克就變得滔滔不絕，每次都是這樣。帕克對宅院和公寓情有獨鍾，從大戰結束之後，他至少曾住過六間不同的套房和獨門獨院的住所。不管在哪裡落腳，他就立刻著手找新的房子，而每次舊房子脫手，他總能小賺一筆，因為他很有生意頭腦。不過，他找房子純粹是出於愛好，而不僅僅是為了賺錢。

我們就像學生聽專家講課那樣，聽帕克口若懸河地講了很長時間。後來，終於輪到我們開口時，大家不禁七嘴八舌搶著說話，最後，勝負揭曉，魯賓遜太太成了下一位主講人。魯賓遜太太是位迷人的小新娘，她和丈夫都在場。我以前從未見過他們，因為魯賓遜是帕克最近新結交的朋友。

「談到租房子，」他說，「帕克先生，您知道我們有多好運嗎？我們終於租到了一間房子！就在蒙塔古大廈。」

「噢，」帕克說，「我就說嘛，待租的房子多得是，只要肯出高價！」

「是呀，不過我們的房子價格並不高，它相當便宜，一年只要八十英鎊！」

「可是……可是你說的那個蒙塔古大廈緊鄰著騎士橋，對吧？那座大廈又高大又漂亮耶。要不，就是你們住的地方和這座大廈名字相同，只差是坐落在貧民區的什麼地方吧？」

「不，我說的就是緊鄰騎士橋的那座大廈，正因為如此，我才說我們運氣好啊。」

「那簡直是運氣好透了！根本是不可能的事。不過，這裡面一定有圈套，得付一大筆押金吧？」

「不需要任何押金！」

「不要押……噢，我的頭要裂了！」帕克痛苦地呻吟道。

「不過，我們得自己買家具。」魯賓遜太太接著說。

「哈！」帕克又高興了起來。「我就知道這裡面必定有陷阱！」

「家具只花了五十英鎊，房間裡所有的設施一應俱全，相當漂亮！」

「我無言以對，」帕克氣結地說道，「那個房東一定是愚蠢透頂，而且喜歡做慈善事業。」

魯賓遜太太神情有些難堪，她漂亮的眉宇間出現了一道小小的皺紋。

「是很奇怪，對不對？會不會是……是那……地方鬧鬼？」

「從來沒聽說過公寓套房鬧鬼的。」帕克斬釘截鐵地答道。

「是……沒有。」魯賓遜太太好像還是不放心。「不過那房子或許出過事情，反正我覺得相當……奇怪。」

「比如說——」我插話道。

「哈，」帕克說，「我們的破案專家對此產生了興趣！把你遇到的事全都跟他講一講吧，魯賓遜太太，海斯汀的推理能力一流。」

我笑了起來，有些尷尬。只是對於他給我的評價和頭銜並不反感。

「嗯，也不真的很怪啦。海斯汀上尉，只是那天我們去『斯托瑟和保羅』房屋仲介公司的時候——我們以前沒有找過他們，因為他們只經手昂貴的套房，但是，我們當時想，見個面總沒害處——他們向我們提供的房租價格都是在每年四百到五百英鎊之間，不然就是要支付大筆押金。後來，就在我們轉身要走的時候，他們提到，他們有一間八十英鎊的房子，不過他懷疑我們到那裡去看也沒用，因為那間房子在他們那裡登記了很長時間，他們也讓很多人去看過，每次都幾乎會有人迫不及待地將它租下來——這是那位仲介商說的——只是客戶不免懷疑，為什麼不讓他們一開始就知道有這間房子；而等客人真的去看的時候，他們又生氣了，因為這時他們才發現，那是一間好久都沒租出去的房子。」

魯賓遜太太稍作停頓，急忙喘口氣，再接著說道：「我們向他道了謝，對他說，我們知道去看的話可能不會有什麼結果，不過我們還是願意去一趟。於是，我們直接乘計程車到那裡去了。四號房在二樓。就在我們等電梯的時候，我的一位朋友，她也在那裡看一間房子，匆匆忙忙地從電梯裡出來。『比你搶先了一步，我親愛的，』她說，『不過，看了也沒用，那房子已經租出去了。』事情好像就該這麼結束。不過，就像約翰說的那樣，這間房子實在很便宜，我想我們可以再出高一點的價格，而且，如果我們主動提出再付一筆押金的話，也許還會有機會。這當然是件很不應該的事，我這樣告訴您真覺得很不好意思，不過，您知道找房子有多難。」

我向她保證，我非常清楚找房子時的激烈競爭，在這種競爭中，人性中低劣的一面通常會戰勝高尚的部分，而且眾所周知的，狗咬狗的法則總是很好用。

「就這樣，我們上樓了。您也許不相信，那間房子根本就沒租出去。一個僕人領著我們參觀了每個房間，後來，我們見了女主人，事情就在當場辦妥了。我們立刻就可以擁有居住權，然後再付五十鎊買家具。第二天，我們簽了合約，明天，我們就要搬進去住了！」

魯賓遜太太帶著勝利者的口吻講完了她的租屋經歷。

「魯賓遜太太的那位朋友是怎麼回事呢？」帕克問道，「海斯汀，請你推理一下吧。」

「非常明顯，我親愛的先生，」我輕鬆地答道，「她一定是走錯了房子。」

「啊，海斯汀上尉，您好聰明呀！」魯賓遜太太滿懷敬意地大聲說道。

此時，我真希望白羅也能在場，我總是覺得他低估了我的能力。

這個經驗相當有趣。第二天早上，我把它當作一個笑話講給白羅聽。他好像很感興趣，相當仔細地問了我一些不同地區房租價格的問題。

「這件事情很奇怪。」他沉思著說，「請原諒，海斯汀，我必須出去散散步。」

大約一個小時後，他回來了，眼睛裡閃著光，顯出異樣的激動，他把手杖放在桌子上，小心翼翼地擦了擦帽子，這是他開口說話之前的習慣。

「我親愛的朋友，正好我們現在手頭無事可做，可以全力以赴地開始目前的調查。」

「你說的是什麼調查？」

「你那位朋友的房子，魯賓遜太太以出奇便宜的價格新租到的那間房子。」

「白羅，你這不是當真吧！」

「我十分認真。你自己想一想，我的朋友，那種公寓套房的真正租金應該是三百五十英鎊——這是我剛剛從房產經紀人那兒證實的情況，然而，這間特殊的房子竟然以八十英鎊的價格租了出去！為什麼？」

「這裡面一定有問題。也許，就像魯賓遜太太說的那樣，這房子鬧鬼。」

白羅不滿意地搖了搖頭。

「那麼，下一個疑點就是，她的朋友為什麼莫名其妙地告訴她，那間房子已經租出去了，而當她上去看的時候，根本不是那麼回事！」

「不過，你應該會同意我的看法，那就是，那個女人一定是走錯了房間。這是唯一可能的結論。」

「在這一點上，你也許對，也許不對，海斯汀。事實是，很多其他要租房子的人都去看過那間房子，然而，儘管它出奇地便宜，當魯賓遜太太去看的時候，房子仍然沒有租出去。」

「這就說明那房子必定有問題。」

「魯賓遜太太好像沒有注意到哪裡不對，這是非常奇怪的。你看她是不是一個說話可信的女人呢，海斯汀？」

「她是個可愛的人！」

「那當然囉！把你迷得連我的問題都無法回答。好吧，形容她的外貌吧。」

「好吧，她身材修長，長相漂亮，頭髮是很美的金棕色──」

「你總是對金棕色的頭髮有特別的偏愛！」白羅嘟囔了一句，「不過，我的朋友，請接著說吧。」

「藍藍的眼睛，氣質非常好，還有……好了，這就是我所有的印象。」我不好意思地結束了自己的描述。

「她的丈夫呢？」

「噢，他是個相當不錯的人，沒什麼特別之處。」

「皮膚是白還是黑？」

「我記不清楚了……大概不太白又不太黑吧，就是很普通的一張臉。」

白羅點點頭。

「是呀，有成千上萬個模樣很普通的人……但不管怎麼說，你對女人總是懷有更多的關注和欣賞。你了解他們的情況嗎？帕克跟他們熟嗎？」

「我想，他們也只是新近認識的。不過，白羅，說實話，你不會認為——」

白羅舉起手。

「慢慢來，別著急，我的朋友，我說我認為怎麼樣了嗎？我只是說，這件事很奇怪，而且沒有任何線索可供推敲；也許，那女人的名字會有點幫助，是不是，海斯汀？」

「她叫史黛拉。」我生硬地說，「但是我不明白——」

白羅發出一連串咯咯咯的笑聲打斷了我的話，在他看來，這個名字好像非常有趣。

「史黛拉的意思是星星，不是嗎？太好了！」

「可是這究竟——」

「星星會發光啊！好了！冷靜下來，海斯汀，不要一副好像自尊心受損的樣子，跟我來吧，我們到蒙塔古大廈去做一些調查。」

我很樂意和他一起去。這大廈是一組修建得非常漂亮的公寓大樓，一個穿制服的守衛正在門前曬太陽，白羅走上前去向他問話。

「對不起，您能否告訴我，這兒是否住著一對名叫魯賓遜的夫婦？」

守衛是個寡言少語的人，帶著明顯懷疑的神情，他幾乎看都不看我們一眼，就順口說道：「在二樓四號。」

「謝謝您。您能否再告訴我，他們在這裡住了多久？」

「六個月。」

我大吃一驚，向前跨了一步，同時看到了白羅嘲諷地對我咧嘴一笑。

「這不可能！」我叫道，「你一定是搞錯了。」

「六個月。」

「你敢肯定嗎？那個女人長得又高又漂亮，金棕色的頭髮有些發紅，而且——」

「正是她，」守衛說，「他們就是六個月以前從邁克馬斯搬來的。」

他失去了和我們談話的興趣，慢慢走回大廳裡去，我隨著白羅走了出來。

「怎麼樣，海斯汀？」我的朋友狡黠地向我發問，「現在你還敢說那個可愛的女人說的都是實話嗎？」

我沒有作答。

我還沒來得及問他要做什麼和要到哪裡去，他就帶著我朝布朗頓街走去。

「去找那些房屋仲介，海斯汀。我非常想在蒙塔古大廈擁有一間房子，如果我沒猜錯，不久，那裡就會發生幾件有趣的事。」

我們這趟走訪非常幸運，在四樓八號有一間待租的房子，租金是每星期十個基尼，白羅當場就付了一個月的租金。等我們重新回到街上時，白羅不容我開口抗議便說：「我現在自己賺錢自己花，為什麼不能滿足一下自己一時的突發奇想呢？順便問一聲，海斯汀，你有左輪手槍嗎？」

「有啊，不過，」我一邊回答，一邊感覺有點毛骨悚然。「你認為——」

「你認為我會用得著它？非常有可能。這想法讓你高興了吧，我看得出來。刺激聳動和羅曼蒂克的故事總是對你有吸引力。」

第二天，我們就在我們臨時的家安頓了下來。那間房子裝修得很漂亮，它的方位正好和魯賓遜夫婦的房子相同，只不過是高了兩層樓。

我們住進去的第二天是個星期日。下午，白羅將前門打開一條縫，聽到樓下什麼地方發出東西碰撞的回聲，便急忙把我叫過去。

「快看樓梯扶手那邊，那是你的朋友嗎？別讓他們看見你。」

我伸長脖子順著樓梯向下看。

「正是他們。」我慌忙答道。

「好，再等一會兒。」

大約半個小時後，一個年輕女人身著花花綠綠的衣服出現了。白羅滿意地呼了一口氣，躡手躡腳地回到了房間裡。

「這就對了，男女主人出去之後，再出去的是女僕。現在，那間房子應該是空的了。」

「我們要去幹什麼？」我很不自在地問。

白羅疾步走到廚房，用手抓住那條運煤的繩索。

「我們要沿著倒垃圾的天井溜下去。」他興奮地解釋道，「沒有人會看見我們。星期天的音樂會，星期天的外出，最後是午餐之後的午休——小憩一會——所有這些都會分散赫丘勒・白羅做事的注意力。來吧，我的朋友。」

他邁進了那個粗糙的木製箱，我小心翼翼地跟著他下去。

「我們要破門而入嗎？」我疑慮重重地問道。

白羅的回答也不是太確切。

「今天不一定。」他答道。

順著那條繩子我們慢慢向下滑，一直滑到了二樓。當白羅看到通往廚房的木門是開著的時候，他滿意地叫了一聲。

「你注意到了嗎？他們白天從來不閂這些門閂，任何人都可以像我們這樣爬進來，再出去，不過在晚上可能情況會相反，是的（雖然並不總是那樣），所以我們要預先做好準備。」

他說著話，從口袋裡掏出幾件工具，立刻靈巧地動起手來。他的目的是把門閂改造一下，這樣就可以從外面將它拉開。

這件事只用了他大約三分鐘的時間。然後，白羅又把工具裝回口袋裡，我們重新回到了自己的房間。

星期一，白羅整天都在外面。可是，當傍晚他回來的時候，他躺倒在他的椅子上，顯得非常滿意。

「海斯汀，我來給你講一個小故事好嗎？這個故事很合你的胃口，它會使你想起你最喜歡看的電影。」

「請講吧，」我笑著答道，「我猜這是一個真實的故事，而不是你胡編亂造的。」

「確有此事。蘇格蘭警場的傑派探長會擔保它的真實性，因為這個故事是從他那裡傳到我的耳朵。聽著，海斯汀。大約在六個月前，某美國政府部門的重要海軍地圖被人偷走，這些地圖標示了一些最重要的海港防務的確切位置，對任何一個外國政府來說，它都值一大筆錢，比如說對日本政府來說吧。涉嫌人是一個名叫路奇．維達諾的年輕人，義大利血統，他在美國政府的那個部門擔任一個不重要的職務，他和那些情報資料同時失蹤。無論路奇．維達諾是不是盜竊情報的人，兩天後，在紐約東區，警察發現了他；他被人開搶打死了，身上並沒有帶著地圖。後來有人發現，路奇．維達諾曾經和一個名叫艾爾莎．哈特的女人在一起，她是一個年輕歌手，新近才出現在娛樂圈，住在華盛頓的一棟公寓裡。人們對艾爾莎．哈特小姐的身世一無所知，大約就在維達諾死的時候，她也突然失蹤。據悉，她是一位老練而如假包換的國際間諜，用各種化名做過許多祕密工作。美國情報部門正竭盡全力尋找她的行蹤，同時也密切關注住在華盛頓的一些日本人。他們相信，艾爾莎．哈特在處理好她留下來的麻煩之後，就會接近那些受到懷疑的日本人。其中一個日本人在兩星期前突然離開美國來到了英國，由此看來，艾爾莎．哈特也很可能出現在英國。」白羅停頓一下，接著語調緩和下來說：「官方對艾爾莎．哈特的描述是：身高五英尺七英寸，眼睛藍色，頭髮金棕色，白皮膚，長相漂亮，鼻子又高又直，沒有特別明顯的其他特徵。」

「魯賓遜太太就是這樣！」我驚叫道。

「好了，不管怎麼說，是有這種可能。」白羅改變了語氣。「而且，我還了解到，有個皮膚黝黑的男子，好像是個外國人，今天早上就在詢問四號房客的情況。所以，我的朋友，恐怕今天晚上你得放棄你可愛的睡眠了，你得和我一起整夜監視樓下的那間房子。別忘了帶上你那製作考究的左輪手槍！」

「當然，」我興奮地叫道，「我們什麼時候開始行動？」

「午夜時分，既穩當又時機成熟。依我看，午夜之前，什麼事也不會發生。」

午夜十二點整，我們小心翼翼地爬進運煤的通道，下到二樓。在白羅的撥弄下，那扇木門很快就被他打開了，我們跳進房間，穿過廚房，走進餐室。在那裡，我們倆舒舒服服地坐在兩張椅子上，把那扇通往客廳的門打開了一條縫隙。

「現在，我們只需坐下來等。」

白羅滿意地說著，把眼睛閉上。

對我來說，等待好像是遙遙無期，我很害怕自己睡著。在我看來，好像是過了八個小時之後——後來，我發現其實只過了一小時二十分——一陣輕微的摩擦聲傳到了我的耳朵裡。白羅拍拍我的手，我站起來，我們兩人一起小心地朝客廳方向挪動，聲音就是從門口傳來的。

白羅把他的嘴唇湊到我的耳邊說：「這聲音就在大門外面，他們正想把鎖撬開。等著我發出命令，注意，不要提前行動，待我發出口令，就從身後把來人撲倒，並且緊緊抓住他；

要小心，他會拿著一把刀子。」

這時只聽見卡嗒一聲，一小圈光亮透過鎖眼照射進房間，隨後就立即熄滅了，然後，門慢慢打開了；我和白羅把身體緊緊貼在牆上。當一個人走過我們身邊的時候，我連他的呼吸都能聽見，然後，他又打亮了他的手電筒。他剛一動作，白羅就貼在我的耳邊說了聲：

「上！」

我們倆一起撲了上去，白羅迅速地用一條薄羊毛圍巾蒙住那人的腦袋，我反綁了他的手臂，整個過程做得又快又悄無聲息。我從他手裡奪下一把匕首，白羅將圍巾從他的眼睛上向下拉了拉，但仍然緊緊捂著他的嘴巴。我亮出我的左輪手槍，這樣，他就能夠看清楚而且明白反抗是沒用的。

當他停止掙扎後，白羅把嘴湊近他的耳朵邊，開始對他耳語了一番，接著，那人點點頭。然後，白羅打手勢要我們都別出聲，並在前面帶路，走出了房間，朝樓下走。我們的俘虜跟在白羅後面，我則手握左輪手槍走在最後。當我們來到大街上時，白羅轉身對我說：

「轉角那邊有輛計程車；把左輪手槍給我，我們現在不需要它了。」

「可是如果這傢伙想要逃跑怎麼辦？」

白羅微微一笑。

「他不會的。」

過了一會兒，我把那輛等著的計程車叫了過來。那個陌生人臉上的圍巾已經取下來了，一看到他的臉，我吃了一驚。

「他不是個日本人。」我小聲對白羅說道。

「你真是具有良好的觀察能力，海斯汀，什麼也逃不過你的眼睛。是的，這人不是日本人，他是個義大利人！」

我們進了計程車，白羅向司機說了一個地址。直到那時，我都如墜五里霧中，困惑不已。當著我們俘虜的面，我也不好意思問白羅我們要到哪裡去，只好自己竭力把剛發生的事情理出個頭緒，卻又毫無結論。

我們在路邊的一間小房子前下了車。一個步行的人，有點喝醉酒的樣子，搖搖晃晃地順著人行道往前衝，幾乎撞到了白羅身上。白羅責備了他幾句，到底說了什麼，我也沒有聽清楚。

我們三個人一起朝那所房子的台階走去。白羅按了門鈴，向我們示意站到門的一側。沒人來開門，他又再按了一次，接著就抓著門環用力拍打了幾分鐘。

房子的天窗上突然出現了亮光，門裡小心翼翼地開了一條縫。

「你們想幹什麼？」一個男人的聲音粗野地問道。

「我想見醫生，我的妻子病了。」

「這兒沒醫生。」

那人正準備關門，但是白羅機敏地把他的腳插進門裡，而且他突然變成了一個勃然大怒的法國人，他的表情和口音簡直唯妙唯肖。
「你說什麼，這裡沒醫生？我要控告你，你給我出來！我要站在這裡又按門鈴又叩門環，鬧個通宵。」
「這位先生——」
門重新打開了，那人套著一件睡衣，趿著拖鞋，走上前來想使白羅平靜下來，同時用不安的眼神向四周掃了一遍。
「我要叫警察了。」
白羅準備走下台階。
「不，看在上帝的份上，別那樣做！」那人趺趺撞撞地跟在他身後。
白羅巧妙地一推，就把他推趺下了台階。過了一會兒，我們三個人都進了房子，門重新關好並上了鎖。
「快，進去。」白羅帶頭走進最近的一個房間，一邊走，一邊把燈打開。「你藏在窗簾後面。」
「是，先生。」
那位義大利人說著，迅速溜進了密密實實罩著窗戶的紅色天鵝絨窗簾後面。
轉眼之間，就在他剛剛藏好的瞬間，一個女人衝進了房間。她身材修長，一頭淡紅色頭髮，苗條的身軀穿著一件深紅色的和服。

「我丈夫在哪裡？」她喊道，那雙恐懼的眼神飛快地瞥了我們一眼。「你們是誰？」

白羅微微一鞠躬，跨步上前說道：「希望您的丈夫不會染上傷風感冒。我注意到他腳上穿著拖鞋，他的睡衣也很暖和。」

「你是誰？你在我的房子裡幹什麼？」

「說實話，我們之中誰也不曾與您相識，夫人，尤其遺憾的是，我們的一個成員專程從紐約趕來，就是想見您一面。」

窗簾分開來了，那位義大利人走了出來。讓我害怕的是，他的手上正揮舞著我的左輪手槍，那一定是白羅疏忽大意，在計程車上順手放下時被他拿到的。

那女人尖叫一聲，轉身就想逃。但是白羅早已站在關好的大門前。

「讓我過去……」她聲音顫抖著說，「他會殺了我。」

「誰是路奇．維爾諾的遺囑執行人？」

那個義大利人聲音沙啞地問道，他一邊揮舞著那支手槍，一個個指著我們。我們一動也不敢動。

「天啊，白羅，這太可怕了。我們該怎麼辦？」我叫了起來。

「你聽我的，別說話，海斯汀。我可以向你保證，沒有我的命令，我們的朋友是不會開槍的。」

「你就那麼肯定嗎，嗯？」那位義大利人說著，故意掃視了我們一下。

這比我想像的要嚴重得多，那女人閃電一般轉身對白羅說：「你想要什麼？」

白羅略一鞠躬道：「我絕對不敢低估艾爾莎．哈特小姐的才智，如果要我告訴她我要的是什麼，那簡直有辱她的才智。」

那女人飛快地抓起一個大大的黑色天鵝絨做成的貓頭，那是用來罩電話機的。

「它們就縫在這裡面。」

「非常聰明。」白羅讚賞地低語道。他跨了一步，離開門口。「晚安，夫人。您如果想奪門而出的話，我會替您攔住您來自紐約的朋友。」

「賤貨！」

那個大個子義大利人一聲咆哮，舉起了手槍，在我正要朝他撲上去的那一剎那，他對著那女人逃走的身影開了槍。但是，手槍只是卡嗒響了一下，並沒有傷到人。

白羅輕聲責備了一句：「無論如何都不能相信你的老朋友，海斯汀。我絕不贊成我的朋友帶著裝滿子彈的手槍上街，我也不允許一個剛剛認識的人亂用我的槍。不，我絕對不會，親愛的朋友。」後一句話是對那個義大利人說的，對方粗野地罵了一聲。

白羅繼續對他用稍帶責備的口吻說道：「現在，你明白了我為你做的事情了吧？我救了你的命，沒有讓你給人絞死。不要認為我們漂亮的女主人會逃得了，不，她不會的。這幢房子前前後後都處於密切的監視之中，她只能逃到警察那裡。這不是一件很令人欣慰的事情嗎？好了，現在，你可以離開這個房間了，不過，要小心，要非常小心。我……啊，他走了！我的朋友海斯汀正用責備的眼神看著我。不過，這一切卻是如此簡單！它一開始就非常清楚，也許在上百名申請租住蒙塔古公寓四號房的人中，只有魯賓遜夫婦被認為是最合適的人選。這是為什麼呢？為什麼要單單挑出他們而不是其他人呢——明眼人——一看就知道其中有詐。是因為他們的長相嗎？有可能，不過，那還不是特別讓人懷疑的地方；那麼一定是他們的名字。」

「可是，魯賓遜這個名字並沒有什麼特別啊！」我大聲叫道，「這分明是個很普通的名字嘛。」

「哎呀，見鬼，不過事情就這麼巧！這才是關鍵。艾爾莎．哈特和她的丈夫或者是她的兄弟，或者不管是她的什麼人吧，他們從紐約來到這裡，化名魯賓遜夫婦租了一間房子。突然，他們獲悉有個祕密組織——毫無疑問，路奇．維達諾是為這個組織服務的——正在追蹤尋找他們。他們該怎麼辦？他們就想到了這個移花接木的詭計。顯而易見，他們知道追蹤他們的人，對他們倆當中的任何一個都並不熟悉。那麼，最為簡單的辦法是什麼呢？他們就用出奇的低價將那公寓房子讓出去。在倫敦，成千上萬要租房子的年輕夫婦中，總不難找到幾對叫魯賓遜的夫婦。如果你看一看電話簿上魯賓遜這名字，你就知道或早或晚，總會有一個長著一頭漂亮頭髮的魯賓遜太太需要租房子。那麼，接下來會發生什麼事呢？追蹤復仇的人就會趕到，他能夠查到那個住址。他闖入房間，發動突然襲擊！一切都過去了，復仇行動非常令人滿意，艾爾莎．哈特小姐又一次虎口脫險。順便說一句，你必須把我引薦給那位真正的魯賓遜太太，那個令人愉快、說話可信的女人！如果他們發現自己的房間被強行闖入，他們會怎麼想呢？我們必須盡快離開。啊，聽聲音好像是傑派和他的朋友們回來了。」

一陣拍打門環的響聲傳了進來。

「你怎麼知道這個地址的？」當我隨著白羅走向前門的時候，我問了一句，接著我馬上想到了答案。「噢，當然了，當第一位魯賓遜太太離開那間房子時，你跟蹤了她。」

「標準答案！海斯汀，你終於運用了你的灰色腦細胞。現在，我們讓傑派受點驚嚇吧。」

他輕輕拉開門閂，把那天鵝絨做的貓頭伸出門縫搖了搖，突然發出一聲尖叫：「喵！」

那位蘇格蘭警場的警官正和另外一個人站在門口，聽到聲音，禁不住被嚇了一跳。

「啊，這只不過是白羅先生開的一個小玩笑！」當白羅的頭從那隻天鵝絨貓頭後面伸出來的時候，那位警官這樣說道，「我們進去吧，先生。」

「你把我們的朋友照料得安然無恙吧？」

「是的，我們把鳥兒抓在手裡了，可是，鳥兒的嘴裡沒有食物。」

「我明白，所以，你要進來搜查一番吧？好了，我要和海斯汀離開了。不過，我可以給你講一講這隻布貓的身世和它的習性。」

「看在上帝的份上，你瘋了嗎？」

「這隻貓，」白羅講道，「曾經是古埃及人的崇拜物。直到如今，如果一隻黑貓從你的門前經過，都會被認為是一種好運的徵兆。今天晚上，這隻貓就從你的門前走過去了，傑派。提到動物或是人的內臟是很不雅的——我知道，對人和動物的內臟避而不談，在英國被視為是一種禮貌——不過，這隻貓的內臟是相當精緻的。我指的是縫這隻貓的邊線。」

另一個人突然叫了一聲，從白羅手中一把奪過那隻貓。

「噢，我忘了向你介紹，」傑派說，「白羅先生，這位是美國聯邦調查局的布特先生。」

那位美國人訓練有素的手指觸摸到他尋找已久的東西，他伸出手，有好一會兒，驚訝得說不出話。後來，他終於恢復了正常。

「能見到您真是榮幸！」布特先生說道。

04

獵人小屋的祕密

Poirot Investigates

「不管怎麼說，」白羅喃喃低語道，「暫時我可能還死不了。」

作為一個剛剛從流行感冒中康復的病人，我對這種樂觀的說法表示歡迎。我自己是這種流行病的第一個受害者，白羅緊接著也倒了下去。現在，他從床上坐起來，背後墊著枕頭，腦袋上覆著一條毛巾，正在慢慢地小口喝著一種很苦的藥，那是我按照他的吩咐準備的。他的目光愉快地停在壁爐架上整齊排列著的一排藥瓶上。

「是的，沒錯，」我的矮個子朋友接著往下說，「我又要重新活過來了，了不起的赫丘勒·白羅，令為非作歹之徒膽戰心驚的剋星！你自己想想看吧，我親愛的朋友，在《社會內幕》上，竟然也登了一小段關於我的文章。啊，是的！就在這裡：『出來吧，罪犯們，都出來吧！赫丘勒·白羅——請相信我，小姐們，他是有點像大力士赫丘勒斯——這位備受歡迎的大偵探不能對你們有任何制裁了。為什麼呢？因為他自己也病倒了！』」

我大笑起來。

「這對你是有好處呀，白羅。你變成一個熱門人物了。幸運的是，在此期間，你並沒有錯過什麼有趣的事。」

「這倒是真的。我不得不謝絕的幾個案子，並沒有使我感到懊悔。」

這時，我們的房東太太將頭探進門裡。

「樓下有一位先生，他說他必須見您或者白羅先生，看上去他好像很著急；我帶來了他的名片。」

她把名片遞給了我。

「羅傑・哈弗林先生。」我讀道。

白羅對著書架抬抬下巴。

我領會了，按照他的意思從書架上抽出《貴族名冊》。白羅從我手中接過來飛快地翻動書頁。

「第五代巴倫・溫澤的第二個兒子。一九一三年與裘依結婚，裘依是威廉・克雷布的第四個女兒。」

「啊！」我說，「我還以為是那位女演員呢——只是她的名字叫裘依・卡里斯布克。我記得她在大戰前嫁給了一個年輕人。」

「海斯汀，你到樓下去聽一聽我們的客人遇到什麼特殊的麻煩吧，不知這是否會令你感到興趣？請向他表達我的歉意。」

羅傑・哈弗林是一位四十歲左右的男子，風度出眾，儀表堂堂，只是他的臉色顯得愁容滿面，可以看得出他的內心焦急萬分。

「您是海斯汀上尉嗎？您是白羅先生的夥伴，我聽說過。今天我想請他跟我到德比郡去一趟，這是絕對必要。」

「恐怕不可能，」我答道，「白羅生病了，正臥床休息，他得的是嚴重的流行性感冒。」

他的臉一下子拉長了。

「天啊，這對我可是個巨大的打擊。」

「您想和他談的問題非常緊急嗎？」

「天啊，是的！我舅舅，我在世界上最好最好的朋友，昨天晚上被人狠心地謀殺了。」

「就在倫敦？」

「不，在德比郡。今天早上，我在城裡接到我妻子打來的電報，看了之後，我立刻決定到這裡來，請求白羅先生著手調查這個案子。」

「請您給我一分鐘，我要告退一會兒。」

我說著，突然想到一個主意。

我跑步上樓，對白羅簡單幾句話交代了案情，他從我的嘴裡把所有情況都問清楚了。

「嗯嗯，我明白，你是想要自己去，是嗎？好，有何不可？你到目前為止應當了解我的破案方法了。你只要每天向我詳細彙報案情的進展，再準確無誤地按照我打電報或打電話給你的指示去做。」

我樂於從命。

一個小時後，我便與哈弗林先生面對面坐在一部正行駛於蘇格蘭中部的列車上，飛速駛離倫敦。

「海斯汀上尉，首先，你必須明白，我們現在要去的是獵人小屋，謀殺案正是在那裡發生；那只是一座處於德比郡荒原中的狩獵小屋，我們真正的家靠近新市集。到了狩獵季節，我們通常是在鎮上租一間房子。獵人小屋由一位管家負責照料，她相當能幹，當我們偶爾到那裡度週末的時候，都由她供應我們所需的所有物資。當然，在狩獵季節，我們也從新市集帶去一些我們自己的僕人以供使喚。我的舅舅哈林頓・佩斯先生最近三年都和我們住在一起——也許你聽說過，我的母親就是紐約的佩斯小姐——他和我的父親還有我的兄長一直都處不好。雖然我是個浪蕩的孩子，但這並不妨礙他對我的感情。當然囉，我是一個窮人，而我的舅舅很富有，換句話說，平常都由他來支付我們的生活開支！不過，他其實並不是一個非常難相處的人，我們三個人在一起生活得相當融洽。兩天前，我的舅舅對住在城裡的快活日子感到厭倦了，就建議我們到德比郡去住上一兩天。於是，我的妻子打電報給管家米爾頓太太，我們在當日下午到了那裡。昨天晚上，我有事返城，但是我的妻子和舅舅仍然逗留在那裡。今天早上，我就收到了這封電報。」

說完，他把電報遞給了我。

立即回來，哈林頓舅舅昨晚遭到謀殺，請盡可能帶一名好偵探，但務必回來——裘依。

「所以，其他細節你還一無所知？」

「是的，我想詳情不久就會出現在晚報上，而且毫無疑問，警察正在進行調查。」

大約三點，我們到達了一個小站。從那個小站驅車五英里，來到了荒原中部一座小小的石頭建築物前。

「真是一個荒涼的地方呀。」

我看了看周圍，身上直發冷。

哈弗林點頭稱是。

「我要想辦法賣掉它，我再也不能在這兒住了。」

我們推開門，沿著狹窄的小路向裡面的那扇橡木門走去，這時，我看到一個熟悉的身影從門裡出來，並向我們迎了過來。

「傑派！」我叫了一聲。

那位蘇格蘭警場的探長友好地對我咧嘴一笑，然後，才朝我的同伴打招呼。

「這位是哈弗林先生吧？我受命從倫敦趕來負責這起案子。如果您允許的話，我想和您談一談，先生。」

「我的妻子——」

「我已經看到您的夫人了，先生，還有那位管家。我不會耽擱您太久，不過，我現在急著要到村莊後面去看一看，這裡應該查看的地方我都已經看過了。」

「可是我對所發生的事情還一無所知——」

「確實如此，」傑派盡量使他平靜下來說，「只是有一兩個問題我還是想聽聽您的意見。海斯汀上尉在這裡，他認識我，他會把您到來的消息告訴他們。順便問一句，海斯汀，你那位矮個子先生怎麼樣了？」

「他得了流行性感冒，正在臥床休息。」

「他生病了？聽到這個消息我很難過，你來了他卻沒來，就像是有車沒馬，對不對？」

聽完他這個不好笑的笑話後，我便朝那所房子走去。

我按了門鈴——因為傑派出去的時候把門關上了。過了一會兒，一位身穿喪服的中年女人給我開了門。

「哈弗林先生過一會兒就到，」我解釋說，「他被探長叫去問話了，我和他一起從倫敦來調查這起案子，也許您可以簡單告訴我昨天晚上發生的事。」

「進來吧，先生。」

她在我身後關上了門，我們站在一個燈光昏暗的大廳裡。她說：「事情發生在昨天晚餐之後，先生。有個人到這兒來，他要見佩斯先生。聽他說話的口音和佩斯先生相同，我於是認為他可能是佩斯先生的一位美國朋友。我帶他到槍枝貯藏室，然後又去告訴佩斯先生——他並沒有報上他的名字，現在想起來是有點奇怪。當我告訴佩斯先生的時候，他看起來好像有些困惑，但是他對女主人說：『對不起，袞依，我過去看看這個傢伙想幹嘛？』於是他就到槍枝貯藏室去了。我回到廚房，過了一會兒，聽見外面有很大的聲音，好像他們在爭吵，我就來到這個客廳，與此同時，女主人也出來了，就在這時候，傳來一聲槍響，接著，就是死一般的寂靜。我們兩個都朝槍枝貯藏室跑去，可是門被鎖上了，我們只好繞到窗戶那邊。

窗戶是開著的，裡面躺著佩斯先生，身上中彈，血流不止。」

「那個男子怎麼樣了？」

「他一定是在我們趕到之前跳窗逃走了。」

「後來呢？」

「哈弗林夫人就讓我去叫警察，這需要步行五英里的路。他們跟著我一起回來，警察在這兒待了一個晚上。今天早上又從倫敦來了那位警察。」

「那位來拜訪佩斯先生的男子長怎樣？」

管家想了想。

「他蓄著黑鬍子，先生，大概是個中年人，穿著一件薄大衣，除了說話像個美國人之外，我並沒有注意他太多情況。」

「我明白了，現在，我是否可以見見哈弗林夫人？」

「她在樓上，先生，要我去告訴她嗎？」

「如果你願意的話，請告訴她，哈弗林先生和傑派探長在外面談話；哈弗林先生從倫敦帶來的這位先生急於要見到她。」

「好的，先生。」

我迫切地想要了解所有的事實。傑派先我兩三個小時趕到，他又急於走開，讓我迫切地想緊隨其後。

哈弗林夫人並沒有讓我等太久，幾分鐘後，我聽到了她輕輕下樓的腳步聲，抬頭一看，見到一位非常美貌的年輕女人向我走來。她穿一件火紅色的無袖長裙，勾勒出她苗條的身姿，她的黑髮上戴著一頂火紅色的小皮帽，即使目前發生了慘案，也壓抑不住她旺盛的生命力和鮮明的個性。

我做了自我介紹，她很快點頭表示理解。

「當然，我經常聽到您和您的同伴白羅先生的故事。你們倆在一起做了很多了不起的事，對吧？我丈夫真能幹，這麼快就把您找來。現在，您就問我問題吧，這是最簡單的辦法，對吧？您可以了解這件可怕事件的詳細經過。」

「謝謝，哈弗林夫人。現在，請告訴我那個男人是什麼時間來這兒的？」

「應該是在九點之前，我們吃過了晚飯，正坐在一起喝咖啡、抽香菸。」

「您的丈夫已經提前到倫敦去了嗎？」

「是的，他坐六點十五分的火車走的。」

「他是乘車還是步行去車站？」

「我們自己的車沒開來，村裡來的一輛車接他上了火車。」

「佩斯先生當時表現是否和平常一樣？」

「毫無異樣，一切都絕對正常。」

「那麼，您能描述一下這位來訪者嗎？」

「恐怕不能，我沒見到他。米爾頓太太直接把他帶到了槍枝貯藏室，然後才來告訴我的舅舅。」

「您舅舅當時說什麼？」

「他看上去好像很生氣，然後就立刻轉身去了。大概五分鐘之後，我聽到他們的說話聲愈來愈大，我就跑到客廳裡，差點兒和米爾頓太太撞在一起。然後，我們聽到了槍聲。槍枝貯藏室的門是從裡面反鎖上的，我們只好繞到窗戶那邊去。當然，要費一些時間，那個凶手便藉機逃走了。我可憐的舅舅——」她嗚咽起來。「被子彈打穿了頭部。我當時就看出他已經死了，急忙叫米爾頓太太去叫警察。我自己很小心，屋子裡的任何東西都沒碰，把現場保護得就像我當時看到的一模一樣。」

我滿意地點點頭。

「那麼，武器的情況怎麼樣呢？」

「哦，我可不清楚，海斯汀上尉。我丈夫的兩支手槍原來都掛在牆上，現在其中一支不見了。我對警察講了這點，他們把另外一支手槍取走了，當他們檢查過子彈之後，我想他們會弄清楚的。」

「我可以到槍枝貯藏室去看看嗎？」

「當然可以，警察已經在那裡調查過了。不過，屍體被移走了。」

她陪我來到犯罪現場，正在這時，哈弗林到了客廳，他妻子向我匆忙說聲抱歉，就向他跑去了。

我被扔在那兒獨自一人開始我的調查。

我一眼就看出他們會相當失望。在偵探小說中，犯罪現場總有可疑的線索，但在這個地方，我沒發現任何不尋常的蛛絲馬跡，只有地毯上還留有一大片血跡，我判斷那是那位老人被槍打倒的地方。

我十分認真地檢查了所有東西，還用我帶來的小照相機在這裡、那裡地拍了幾張照片。我又檢查了一下窗戶下面那塊地方，但是，那兒被踐踏得亂七八糟，我判斷，不值得為此再浪費任何時間了。是的，我已經檢查完獵人小屋呈現出來的表象，我必須回到村裡和傑派談談。於是，我向哈弗林夫婦道別，又坐上從車站把我們送來的那輛車離開了。

我找到傑派，他立刻帶我去看屍體。哈林頓．佩斯個子又矮又瘦，臉刮得很乾淨，從長相上看，是個典型的美國人，他是從頭的後部被槍打中的，手槍開火時，槍口離他很近。

「他轉身走開了一會兒，」傑派說，「那個傢伙就抓起一支手槍，朝他開火。哈弗林夫人交給我們的這支手槍裡裝滿了子彈。我想，另一支手槍裡必定也裝滿了子彈。很奇怪，人們竟能做出這種愚蠢透頂的事情，把兩支裝滿子彈的手槍掛在自己的牆上？」

「你怎麼看這件案子？」當我們轉身離開停屍間的時候，我問道。

「噢，一開始我把眼睛盯在哈弗林身上，嗯，是的！」說到這兒，他注意到我驚奇的表情，他又解釋道，「哈弗林有過一兩次不良的記錄，當年，他在牛津上學的時候，他父親的支票上就曾發現他模仿的簽名。當然，後來事情平息了。再說，他現在負債累累，而且又是他不願向舅舅透露的那類債務，否則的話，他的那位舅舅一定願意幫助他。是的，我把懷疑的目標放到了他的身上，這也正是我之所以想要在他和妻子見面之前跟他談話的原因，不過，他們交代的事情完全吻合，我還去過車站，毫無疑問，他確實是乘坐六點一刻的火車離開的，那班列車到達倫敦的時間大約是十點三十分。據他說，他下了車直接去了俱樂部，如果他的話屬實……哎呀，他不可能在九點鐘的時候戴上黑鬍子向他的舅舅開槍！」

「啊，是的，我還想問問你對那鬍子的看法。」

傑派眨眨眼。

「我認為那鬍子長得非常快——是在從村子到獵人小屋之間這五英里的路上長出來的；我遇到的美國男人絕大多數都把臉刮得很乾淨。是的，我們必須在佩斯先生認識的美國人中尋找那位凶手。我先問了管家，然後問了女主人，她們講的內容都完全相符。不過，很遺憾，哈弗林夫人一眼也沒看見那傢伙，她是個聰明的女人，如果她有看到，也許會注意到一些對我們有用的情況。」

我坐下來寫了一分鐘，向白羅做了彙報，在我把這封信寄走前，我還可以添加一些更新的消息。

首先，從屍體上取下來的子彈，已被證明是從一把左輪手槍打出來的，它和警察從哈弗林夫人那兒拿到的那支槍所用的子彈完全相同。還有，哈弗林先生那天晚上的行蹤已經被調查清楚，而且得到了證實，結果表明，他確實是乘坐他所說的那趟火車到達倫敦。第三點，案情有了一點令人鼓舞的進展，住在伊靈城的一位男子，那天早上在趕赴城區火車站的時候，發現一個塞在欄杆上的棕色紙袋，打開一看，裡面裝著一把左輪手槍。他把那個紙袋交給了當地警察局。當地警方不到天黑，就核查清楚這正是那把我們在尋找的左輪手槍，和哈弗林夫人提供給我們的那支槍一模一樣，槍裡少了一顆子彈。

我把這一切都加進了我的報告裡。第二天早上，我正在吃早飯時，白羅的電報來了。

當然，那位蓄黑鬍子的人不是哈弗林，只有你和傑派才會有這種想法。打電報告訴我管家的情況以及今天早上她穿什麼衣服；另外，把哈弗林夫人的情況也同樣向我描述一下。不要浪費時間拍那些屋內的照片，它們沒有任何用處，而且毫無美感可言。

在我看來，白羅的措詞透著沒必要的譏笑。我能體會出，他十分嫉妒我來到現場全權處理這個案子，並觀察到所有的現場情況，這一定使他相當不快。他要求我描述兩個女人的穿著，在我看來簡直是荒謬透頂。可是，我還是盡我所能照辦了。

十一點的時候，白羅發來了回電。「請傑派逮捕管家，以防為時太晚。」我被弄得不知所措，趕快把電報拿給傑派看，他從牙縫裡輕輕罵了一句。

「白羅先生有真本領，如果他這麼說了，那麼其中一定有問題。我幾乎沒有注意到那個女人，不知道該不該就這樣逮捕她，不過，我要派人監視她。我們現在立刻行動，再去看一看她。」

但為時已晚，那位安靜的中年婦女米爾頓太太，一直顯得那麼正常和令人尊敬，卻突然像是消失在空氣裡了。她的箱子還在，可是裡面裝的只是一些普通的衣物，根本看不到有關她身分的任何線索，也不能由此得知她到哪裡去了。

從哈弗林夫人那裡，我們了解到了一些事實。

「大約三個星期前，我雇用了她。那時，我們以前的管家艾莫里太太辭職了。她是從蒙特街塞伯恩太太的介紹所找來的，那是一個非常有名的地方，我所有的僕人都是從那兒挑來的。他們給我選送了好幾位婦女，只有這位米爾頓太太似乎最合適。她的背景資料非常好，我當下就雇用了她，而且通知了那家介紹所。我難以相信她會有什麼問題，她是個非常安靜的女人。」

整起案子當然還是一個疑團。很明顯，這個女人不可能開槍殺人，因為在槍聲響起的那一剎那，哈弗林夫人和她一同在客廳裡。然而她必定是和凶手有所聯繫，不然的話，為什麼她會突然消失不見？

我將這個情況給白羅打電報做了說明，並告知他，我想立刻返回倫敦向塞伯恩介紹所做調查。

白羅的答覆很迅速，他的電文如下：

到介紹所調查毫無用處，他們可能從來就沒聽說過她，請查明她第一次到達獵人小屋時所乘坐的工具是什麼。

雖然滿懷疑慮，我還是照辦了。

附近村子的交通工具非常有限，只有兩部老掉牙的福特汽車，還有兩輛出租馬車。在凶殺案發生的當天，這幾輛車都沒用過。我們詢問哈弗林夫人的時候，她解釋說，她給過這個女人足夠的錢，讓她到德比郡去，那些錢足夠雇一輛汽車或者馬車把她送到獵人小屋。通常，車站還有一輛福特汽車隨時備用，但是車站上沒人注意到，那天是否來過一個長著黑鬍子或是其他模樣的陌生人。在案發的那個傍晚，所有的事實似乎都表明，那個凶手是坐一輛汽車來到現場的，那車就等在附近，以協助他事後逃跑。而且，還是同一輛車將那個神祕的管家帶走了。我還必須提一下，在倫敦介紹所的調查表明白羅的判斷完全正確，在他們的登記本上根本就沒有叫米爾頓的這個女人。他們收到哈弗林夫人的要求後，給她選派過各種各樣的人選，但她並沒有表示她選中的是哪一個。

我有些垂頭喪氣地回到了倫敦，看見白羅穿著一件色彩鮮豔的絲綢睡衣，正坐在壁爐旁的搖椅裡。他很親熱地向我表示問候。

「我親愛的朋友，海斯汀！見到你是多麼高興啊，我確實非常想念你！你這幾天玩得還算開心嗎？你是不是一直跟著傑派那傢伙跑前跑後？你調查盤問得是否心滿意足了？」

「白羅，」我喊道，「整個案情疑點重重，怎麼也解不開這個謎！」

「不能被它表面的迷霧蒙住眼睛，這倒是真的。」

「確實不能。不過，這是個很難撬開的硬果殼。」

「噢，別管它有多麼難辦，我最擅長對付棘手、難辦的案子了！我是個名副其實的、專啃硬果殼的小松鼠！難辦不難辦都難不倒我，我很清楚是誰殺了哈林頓·佩斯先生。」

「你知道了？你怎麼弄清楚的？」

「你們那些富於啟示的回覆電報，為我提供了事實真相。聽著，海斯汀，我們檢查一遍事實，把它理出一個頭緒。哈林頓·佩斯先生是一位擁有鉅額財富的人，他死後，無疑會將這些財產遺留給他的外甥，這是第一點。大家都知道他的外甥負債累累，難以度日，此其二。大家又都知道他外甥是一個——我們該如何形容——一個對自己道德約束相當鬆懈的人，此其三。」

「可是，已經證實羅傑·哈弗林當天晚上乘火車去了倫敦。」

「千真萬確，因為哈弗林先生在六點一刻離開了村莊，所以佩斯先生不可能在他離開之前遇害，不然的話，在檢查屍體時，醫生就會查明犯罪的時間。由此，我們就可以順理成章地得出結論，那就是，哈弗林先生並沒有開槍打死舅舅。但是，要記住，海斯汀，還有一個人，那就是哈弗林夫人。」

「這不可能！當槍聲響起的時候，管家正和她在一起。」

「啊，是的，那個管家。但是她失蹤了。」

「她會被找到的。」

「我不這樣認為。關於那個管家，有些地方非常讓人費解，你不認為如此嗎，海斯汀？我總有這種感覺。」

「我想，她只負責她那一部分的任務，完成之後，便在適當的時候乘機逃跑。」

「那她負責什麼？」

「噢，比如說吧，接應她的同謀，那位黑鬍子的男人。」

「噢，不，那不是她的任務！她的任務正是剛才你所提到的，她提供哈弗林夫人在開槍那一瞬間的不在場證明，而且沒有人能夠再找到她，我親愛的朋友，因為她根本不存在！『根本就沒有這麼一個人』，正如貴國那位偉大的莎士比亞曾經說的。」

「那是狄更斯說的話。」我替他做了糾正，難以抑制地覺得好笑。「可是，你的意思究竟是什麼，白羅？」

「我的意思是說，裘依·哈弗林在結婚前是位女演員，你和傑派只在昏暗的客廳裡看過那位管家，她身影模糊，中等年紀，穿著黑衣服，說話聲音很輕，聽上去模糊不清。結果事實是，你，還有傑派，以及管家叫來的那些當地警察，誰也沒見過米爾頓和她的女主人同時同地出現在同一場合。對那個聰明透頂、膽大妄為的女人來說，這簡直是易如反掌的遊戲。在去叫她女主人的過程中，她跑上樓去，套上一件鮮豔的長裙，拉掉灰白的假髮，散開黑色鬈髮再戴上一頂帽子，然後，再塗上一點兒口紅，那位聰明活潑、發出銀鈴般聲音的裘依・哈弗林就走下樓來了。沒有人會特別注意那個管家。他們何必注意呢？管家與這樁案子毫無關係啊，而哈弗林夫人呢，卻因此有了不在場證明。」

「可是，在伊靈城發現的那支左輪手槍該怎麼解釋？哈弗林夫人總不可能把它放在那裡吧？」

「當然不是她放的，那是羅傑・哈弗林放的；但是，在他們的角色分配上卻有一個失誤，也就是它使我得出了正確的結論。一個兇手使用了在犯罪現場找到的手槍來進行謀殺後，應該會立刻扔掉它，而不會帶著它到倫敦去，絕對不會。所以，那樣做的動機很明顯，罪犯希望把警察的注意力從德比郡轉移到一個很遠的地方。他們急於把警察盡快從獵人小屋周圍一帶引開。」

「當然了，經過鑑定，已經發現的那支左輪手槍，不是佩斯先生遇害的兇器。羅傑・哈弗林扔掉了其中一顆子彈，把它帶到了倫敦，直接去了他的俱樂部，以此表明他不在犯罪現場。然後，他急忙趕到伊靈，把手槍放進那個紙袋，再塞在後來發現它的那個地方，然後返身進城，整個過程只需要二十分鐘。那個風姿綽約的女人，即他的妻子，在晚餐後，一聲不響地向佩斯先生開了槍。你還記得吧，他是從背後被擊中的。這又是他們幹得很漂亮的地方！然後，她又重新給那支左輪手槍上了子彈，將它放回原處。後來就開始了她精心編導的小把戲。」

「真的令人難以置信。」我被白羅的描述深深吸引住了。「不過——」

「不過，這就是事實。我的朋友，事實的確如此。然而，要使這對寶貝受到正義的審判，那就是另外一件事了。傑派必須竭盡他的職責——我已經寫信向他說明了所有情況。不過，我還是很擔心呀，海斯汀，我們也許不得不隨他們聽從命運的安排了。啊，所有仁慈的眾神哪！」

「邪惡之樹總是枝繁葉茂。」我提醒他。

「但是，那要付出很高的代價，海斯汀，絕對是要付出很高、很重的代價，我堅信不疑！」

白羅的預言得到了證實，傑派雖然被他推理的事實說服了，可是找不到足夠的證據對他們提出指控。佩斯先生的鉅額遺產由他們兩個人繼承。然而，復仇女神並沒有永遠眷顧他們。後來，當我在報紙上讀到羅傑．哈弗林夫婦在飛往巴黎的途中，因飛機失事而遇難身亡的消息時，我知道正義終歸會得到伸張。

05

公債失竊案

Poirot Investigates

「最近，發生了數起銀行債券失竊案！」一天早上，我在看報紙的時候說，「白羅，我們放棄當偵探，改行做強盜吧！」

「你這是……你怎麼會說這話？想一夜之間就發財致富嗎，我的朋友？」

「是啊，你看看最近一期的報紙，有一批價值百萬美元的債券由倫敦—蘇格蘭聯合銀行運往美國紐約，在豪華遊輪『奧林匹亞號』上都奇怪地消失了。」

「如果不是怕暈船，或是能像橫渡英吉利海峽那樣只需要幾個小時的話，我很高興乘坐這麼豪華的遊輪航行一番。」白羅憧憬地小聲說道。

「確實如此。」我也顯得很熱心。「有些遊輪就像宮殿一樣富麗豪華；上面備有游泳池、客廳、豪華餐廳、擺放棕櫚樹的庭園……確實，一個人很難相信自己是在海上航行。」

「至於我，坐船的時候隨時都知道自己是在海上。」白羅難過地說，「你所列舉的那些漂亮玩意兒對我來說毫無意義；可是，我的朋友，請稍微想想那些隱姓埋名旅行的壞蛋吧！一登上這些漂動的豪華宮殿，就像你剛才說的，人們總會遇到犯罪世界裡的精英人物！」

我大笑起來。

「這就是你所感興趣的地方！也許你會和偷走自由公債的那個人拔劍決鬥吧？」

房東太太打斷了我們。

「有位年輕女士想要見您，白羅先生，這是她的名片。」

名片上印的名字是「艾絲蜜．法華小姐」。白羅趕忙低頭鑽到桌子底下，在那兒找到一塊掉在地上的麵包碎屑，小心翼翼地把它撿起來放在廢紙簍裡。然後，他對房東太太點頭示意請她進來。

過了一會兒，一位小姐被領進來，她是我所見過稱得上美女的女孩。她可能有二十五歲左右，大大的褐色眼睛，身材非常優美。她衣著講究，舉止得體。

「請坐，小姐，這位是我的朋友海斯汀上尉，他幫我處理一些小小的問題。」

「恐怕今天我給您帶來的是一個很大的難題，白羅先生。」那位女孩在坐下的時候向我微笑點頭致意，「我敢說在今天的報紙上，您已讀到了有關的消息；我指的是發生在奧林匹亞號遊輪上的債券失竊案。」白羅的臉上必定露出了十分驚訝的神情，因為她緊接著說道：「毫無疑問，您一定會納悶，我與像倫敦—蘇格蘭銀行這樣的大機構有什麼關係。從某種意義上說，我與它們毫無關係；從另一種意義上說，我與他們息息相關。您知道，白羅先生，我與菲利普．理奇韋先生已經訂了婚。」

「啊，菲利普．理奇韋是——」

「那些債券失竊的時候，他是當事人。當然事實上不該責備他，因為這不能算是他的錯。可是他因為這件事被弄得心神不定，我知道，他的舅舅曾漫不經心地提過要把這些債券劃歸他的名下，作為他的財產。因而，這起事件對他的事業來說，是個可怕的打擊。」

「他舅舅是誰？」

「他舅舅是瓦蘇先生，他是倫敦—蘇格蘭銀行的總經理。」

「法華小姐，您能向我描述一下事情發生的經過嗎？」

「當然可以。您知道，銀行希望擴展他們在美國的業務，正是為了這一目的，才決定用自由公債的債券運送過去一百萬美元。瓦蘇先生選中了他的外甥來負責此事。他的外甥在銀行的一個信用部門任職多年，而且在紐約談妥了在當地交易的各種細則。奧林匹亞號遊輪在二十三號從利物浦啟航，在當天上午由倫敦—蘇格蘭銀行的兩位執行總經理瓦蘇先生和蕭依先生將債券轉交給菲利普。當著他的面，那些債券被一一點清，密封在一個小皮箱裡，並且加蓋了印章，然後，他就鎖上了小皮箱，立刻把它裝到自己的旅行箱裡。」

「他的旅行皮箱用的是普通的鎖嗎？」

「不是，蕭依先生堅持要用一把特別的鎖。就像我說的那樣，菲利普把那只小皮箱放到了他的旅行箱的最下面。但就在抵達紐約前的幾個小時，它被偷走了。他們在全船上上下下進行了徹底搜索，但是毫無結果，債券已然不翼而飛，消失得無影無蹤了。」

白羅做了個鬼臉。

「它們絕對不是消失得無影無蹤，因為我聽說半個小時後，在奧林匹亞號的甲板上，就有人出售裝在小皮箱裡的債券！好了，毫無疑問。我要做的下一件事，就是去見見理奇韋先生。」

「我想建議您和我一起到餐館共進午餐，菲利普會在那裡等我，但是他還不知道我為此事向您求助。」

我們很樂意接受這一建議，便搭乘計程車到那家餐館去。

菲利普．理奇韋先生比我們先到那兒。看見了他的未婚妻帶著兩個完全陌生的男人一起來，他感到有些吃驚。他是個長相英俊的年輕人，身材高大，衣著整潔，雖然他年紀不會超過三十歲多少，但鬢角上已經出現了一縷白髮。

法華小姐朝他走過去，用手挽住了他的手臂。

「你得原諒我事先沒有徵得你的同意就這麼做，菲利普。」她說，「我來給你介紹一下赫丘勒．白羅先生。你一定經常聽到他的名字，還有他的這位朋友海斯汀上尉。」

理奇韋顯得非常吃驚。

「我當然聽說過您，白羅先生。」他和白羅握手時說，「但是，我絕對沒想到艾絲蜜會向您求助。」

「我怕你不同意我這麼做，菲利普。」法華小姐溫柔地說。

「因此你就自作主張，先斬後奏了。」他笑了笑。「我希望白羅先生能夠驅散迷霧，揭開這個令人迷惑不解的疑團。我坦率地承認，由於對此事過分憂慮和焦急，我幾乎要精神崩潰了。」

確實，他面容愁苦，憂心忡忡，內心的焦慮與壓力表露無遺。

「好了，」白羅說，「我們馬上開始享用午餐吧，在餐桌上，我們可以集思廣益，共同商量，看看我們能夠做些什麼。我還想從理奇韋先生本人的口中聽一聽他的遭遇。」

我們在對那些精美的牛排和美味的布丁發表過一番評論之後，菲利普．理奇韋先生開始描述那些債券消失的前後情形，他講的那些情況和法華小姐告訴我們的完全吻合。他講完的時候，白羅提出了一個問題。

「究竟是什麼讓你發現那些債券被偷走了呢，理奇韋先生？」

他笑得相當痛苦。

「事情就發生在我的眼皮底下。我不懂怎麼會把它們弄丟，白羅先生。我艙房裡的旅行箱被人從下鋪拉出來一半，在他們努力想把鎖打開的時候，發現鎖的周圍到處都有被切割和撬壞的痕跡。」

「但是我聽說它是被一把鑰匙打開的。」

「是這樣的，他們強力想把鎖打開，可是沒能成功。最後，不知道怎麼搞的，他們還是用什麼方法把它給打開了。」

「很奇怪，」白羅說著，他的眼睛開始閃閃發光，那種神情我非常熟悉。「非常奇怪！他們浪費了那麼多時間把它撬開，然後……哎呀，見鬼了，他們突然發現手裡就拿著那把鑰匙──因為每一把你所用到的鎖都是獨一無二的。」

「這也正是他們不可能有鑰匙的原因，那把鑰匙不管是白天還是夜晚，從來就沒有離開過我。」

「關於這點，你敢確定嗎？」

「我可以發誓。再說，如果他們有打開那把鎖的鑰匙或是有一把複製的鑰匙，那麼，他們為什麼還要浪費時間去打開一把根本不需要費力氣打開的鎖呢？」

「啊，這也正是我們提出疑問之所在！我敢大膽預言，如果我們能夠找出問題的答案，那麼，它必定與這個奇怪的事實有關。如果我再問您如下的一個問題，請您不要介意，您確保您都鎖好箱子了吧？」

菲利普．理奇韋詫異地看了看白羅，白羅做了個手勢表示道歉。

「啊，這種事真有可能發生，我向你保證！很好，那麼，那些債券是被人從箱子裡偷走的。竊賊拿到那些債券後怎麼辦？他如何帶著債券上岸呢？」

「啊！」理奇韋大叫一聲。「正是如此，他怎麼上岸呢？消息已經傳到了海關當局，留在船上的每個人都要經過徹底搜查！」

「我想，那些債券裝起來挺笨重的吧？」

「當然了。在船上，它們不可能被藏起來……不管怎樣，我們知道它們不會被藏起來。因為在奧林匹亞號抵岸的半小時內，它們就被賣出去了，這遠遠早於我發出電報的時間；一個經紀人還發誓說他在奧林匹亞號靠岸之前買了一些。可是，你不可能透過無線電來發送債券呀！」

「當然，但是，是否有拖船從附近經過？」

「只有官方的船，那是在發出警報之後，每個人都開始警覺，我自己也密切注意著那船是怎麼樣經過的。我的上帝呀，白羅先生，這件事簡直快把我弄瘋了，人們都開始議論說，是我自己偷走了那些債券。」

「可是在上岸的時候，你也被搜查了，對不對？」白羅輕聲問道。

「是的。」

那個年輕人困惑地看著他。

「我看得出，您沒有明白我的意思。」白羅神祕莫測地笑了笑說，「我想到銀行方面做一些調查——」

理奇韋拿出一張名片，在上面寫了幾個字。

「把這張名片送上去，我舅舅會立即見你。」

白羅謝過他，和法華小姐道了別，我們一起前往遜尼竇街，到倫敦—蘇格蘭銀行總部去。遞上理奇韋的名片之後，有人領著我們穿過迷宮似的一個個櫃檯和辦公桌，穿過那些匆匆忙忙的出納員和銀行職員，來到二樓的一間小辦公室裡，兩位總經理在那裡接待我們。他們是兩位看上去很嚴肅的先生，由於在銀行任職很長時間，頭髮都已花白了。瓦蘇先生留著白色的短鬍鬚，蕭依先生的臉刮得很乾淨。

「我明白，嚴格意義上講，你們是私人偵探，」瓦蘇先生說，「是這樣，是的。當然，我們已經把我們的案子轉到了蘇格蘭警場那裡，麥克尼爾警官負責此案，我相信他是個非常能幹的人。」

「我對此深信不疑。」白羅彬彬有禮地說，「您是否允許我代表您的外甥向您提幾個問題？關於這把鎖，是誰從哈布斯公司訂購的？」

「是我親自訂購的那把鎖。」蕭依先生說，「在這種事情上，我不相信任何職員。至於鎖的鑰匙，理奇韋先生有一把，另外兩把由我的同事和我本人保管。」

「沒有任何職員有機會拿到它們嗎，蕭依先生？」

蕭依先生詢問的眼神投向了瓦蘇先生。

「我認為我這樣說應該是準確無誤的，也就是說，那兩把鑰匙從二十三號我們把它存放在某處起，至今一直未曾動過。」瓦蘇先生答道，「我的同事兩週前不幸病倒了，也就是在菲利普離開的那一天，他今天才完全康復。」

「嚴重的支氣管炎對於我這種年齡的人來說可不是鬧著玩的。」蕭依先生遺憾地說道，「不過，我擔心瓦蘇先生在我病假期間不得不承受更多繁重的工作，尤其是出現了這種意想不到的事情，一定令他焦慮萬分。」

白羅又問了幾個問題，我斷定他竭力想弄清楚舅甥關係之間的親密程度。瓦蘇先生的回答簡短謹慎，他的外甥是銀行裡一位令人信賴的管理人員。據他所知，他既無個人債務又無銀行財務問題。在過去，他的外甥也曾受重託擔負過類似的任務。最後，我們禮貌地鞠躬離開了。

「我很失望。」我們來到大街上後白羅對我說。

「你希望發現更多情況嗎？他們都是這種乏味、感覺遲鈍的老傢伙。」

「並不是他們的乏味、遲鈍令我失望，我親愛的朋友。我並不希望看到銀行經理是一位『頭腦敏捷、目光犀利的金融家』，就像你喜歡讀的那些小說裡描寫的那樣。不，我是對這件案子感到失望──它太簡單了！」

「簡單？」

「是的，難道你沒發現它幾乎像孩子的遊戲一樣簡單嗎？」

「你知道是誰偷了那些債券？」

「我知道了。」

「那麼，我們……為什麼還要──」

「不要頭腦混亂、說話結結巴巴的，海斯汀。我們目前不必採取任何行動。」

「可是為什麼呢？你在等什麼呢？」

「等奧林匹亞號。星期四它就該從紐約返航了。」

「可是，既然你知道是誰偷了那些債券，為什麼還要等呢？他可能會逃跑。」

「逃到太平洋上一個沒有引渡條款的島嶼上嗎？不會的，我親愛的朋友，他會發現那裡的生活相當乏味。至於說我為什麼要等……好吧，對於睿智的赫丘勒·白羅來說，事情非常明瞭。但是，對那些天生不那麼聰明的人來說，比如說麥克尼爾警官吧，最好還是搜集事實的證據。一個人必須替比自己愚笨的人著想。」

「天啊，白羅！我願意出一大筆錢和你打賭，你把自己變成了一頭徹頭徹尾的蠢驢，就賭這一次。你自負得令人討厭！」

「別生氣，海斯汀。事實上，我注意到了，你常常在討厭我！哎呀，我正領受著高處不勝寒的痛苦啊！」

這個小個子深深地從胸腔底處吐出一口氣。他呼氣的方式那麼滑稽，我禁不住笑了起來。

星期四，我們坐在一等車廂裡，飛速駛向利物浦。白羅頑固地拒絕向我透露他的猜測推理，或是他所揭示的事實真相。他就喜歡出其不意地展示最後成果，我也放棄了追究答案，將我的好奇心深深地隱藏在漠不關心的假象背後。

我們一趕到碼頭，就看見那艘橫跨大西洋的豪華遊輪也停在那裡。白羅立刻變得生氣勃勃，動作靈敏。我們接下去的工作包括連續會見了四個船上的服務人員，詢問了白羅的一個朋友，那位朋友也是在二十三號那天乘船去紐約。

「一位上了年紀的老先生戴著一副眼鏡，身體羸弱，行動不便，幾乎不出他的艙房。」

這一描述正好和一位名叫恩諾的先生相吻合，他住的是C二四號艙房，就在菲利普．理奇韋隔壁。雖然不明白白羅是如何推斷出有一個名叫恩諾的人以及他的外貌特徵，我還是感到非常激動。

「告訴我，」我說道，「這位先生是不是第一批離船上岸的人？」

那位船上的服務員搖了搖頭。

「不。事實上，先生，他是最後離船的人。」

我感到很疲憊，顯得垂頭喪氣。這時我卻發現白羅正衝著我笑。他謝過那位服務員後，我們便轉身離開。

「一切都還順利。」我爭辯道，「只是這最後的回答，一定使你精采的推理徹底推翻。高興的話，你儘管咧嘴傻笑吧！」

「和以往一樣，海斯汀，你什麼也沒發現。恰恰相反，那最後的回答，正是我的推斷中最為精采之處。」

我絕望地揮了揮手。

「我不和你爭辯了。」

當我們坐在駛往倫敦的列車上時，白羅匆忙地埋頭寫了幾分鐘，然後把寫好的信紙裝到一個信封裡封好。

「這是讓那位好心的麥克尼爾警官看的。我們在路過的時候，要順便把它放到蘇格蘭警場。然後再到倫第華飯店去，我要請艾絲蜜・法華賞光，和我們共進晚餐。」

「理奇韋怎麼辦？」

「什麼理奇韋怎麼辦？」白羅眨了眨眼問了一句。

「怎麼，你不會以為，你不——」

「你怎麼養成了一種語無倫次的習慣，海斯汀？事實上，我的確那樣認為。如果理奇韋是竊賊——那完全有可能——這件案子就會變得相當吸引人；這是一個非常合乎情理的邏輯推理。」

「可是對法華小姐來說，這可不吸引人喔。」

「你可能是對的，所以，大家都等著最好的結果。現在，海斯汀，讓我們來回顧一下這件案子，我看得出你迫不及待地想知道。那只加了封條的箱子從旅行箱中被偷走不見了——正如法華小姐說的那樣，消失得無影無蹤。我們要刪去那些無影無蹤的推理，在當前的科學發展階段中，這種推理變得毫不實用，我們只能考慮那些有可能變為事實的推理。每個人都確信它不可思議地被偷運到岸上——」

「是的，但是我們認為——」

「你也許會這麼認為，海斯汀，而我則不這麼想。我的觀點是，既然它看起來不可思議，那麼它確實是不可思議的事情。這裡存在兩種可能性：要嘛它仍然藏在船上，儘管要這麼做非常困難，要嘛它被扔下了船。」

「你的意思是加上一塊軟木塞？」

「沒有什麼軟木塞。」

我瞪大了眼睛。

「但是，如果債券被扔下了船，它們就不可能在紐約拋售了。」

「我佩服你的邏輯推理，海斯汀。因為有債券在紐約拋售，因此，它們就不可能被扔下船，你明白這會怎麼發展嗎？」

「像開始想的時候一樣。」

「我可從來沒有這麼想！如果那個小皮箱被扔下了船，債券後來在紐約出現，那麼，那個小皮箱裡就不可能裝有債券。有任何證據證明那個小皮箱裡裝有債券嗎？請注意，理奇韋先生在倫敦接過那只皮箱後，一直就沒有打開過它。」

「是的，可是後來——」

白羅不耐煩地揮了揮手。

「讓我說下去。最後一次有人看到債券是二十三號上午在倫敦—蘇格蘭銀行辦公室裡，這些證券在奧林匹亞號到達紐約之後半小時又重新出現。根據某人的說法——這個人的意見誰也沒有認真聽——事實上是在這艘遊輪到達紐約之前，債券就已經拋售。那麼，請想想看，會不會是這些債券根本就沒被帶上奧林匹亞號呢？他們會不會透過別的途徑被帶到紐約呢？是的。巨人號遊輪和奧林匹亞號在同一天離開南安普敦港，它是橫渡大西洋的最快速度保持者。如果由巨人號郵寄運出，債券一定會在奧林匹亞號到達的前一天被送達紐約。事實都已清楚，案情本身就做了解釋。那只加了封條的小皮箱只是一個假冒的替代品，而真正裝有債券的皮箱此刻一定存放在銀行的辦公室裡。三個在場的人中，任何一位都可以輕易地準備一只類似的皮箱，以換掉那只真正裝有債券的皮箱。這樣，債券就被郵寄給了紐約的一個同夥，而且指示他，只要奧林匹亞號一抵達碼頭，就立刻拋售它們。但是必須要有人乘上奧林匹亞號來指揮進行那假想的盜竊案件。」

「可是為什麼呢？」

「因為，如果理奇韋一打開箱子，發現那是一只假冒的空箱子後，消息就會馬上傳到倫敦。不能這樣做。假證據是住在理奇韋隔壁艙房裡的那個人做的，他假裝撬鎖並留下很明顯的痕跡，這樣大家就把注意力立刻轉移到債券失竊這上面來。他是用一把複製的鑰匙打開了大旅行箱，然後將那只小皮箱扔下海，並最後一個離船上岸。很自然的，他要戴副眼鏡來遮住他的眼睛，而且要裝得弱不禁風，因為他不願冒險遇上理奇韋。他登上岸到了紐約，立刻坐第一班航船返回。」

「那麼，誰……他會是誰呢？」

「正是那個預訂了那把特製鎖的人。他絕對不是因為支氣管炎告假在家……是的，正是那個遲鈍乏味的蕭依先生。有時，坐居高位的人也會犯罪，我的朋友。啊，我們都到齊了，親愛的小姐，我成功了！您允許嗎——」

白羅眉開眼笑，在那位驚訝不已的小姐面頰上，輕輕地各留下一個吻。

06

埃及古墓的詛咒

Poirot Investigates

自從考古學者打開了孟哈拉國王的古墓之後，隨即發生了一系列神祕的死亡事件。我一直認為，在我和白羅一起參與的多次歷險中，最緊張恐怖和最富有戲劇性的一次，就是調查這起案件。

卡納馮勳爵、約翰·威拉德爵士和來自紐約的波雷納先生發現了圖坦卡門古墓之後，繼續在離開羅不遠的地方進行挖掘。就在吉薩省的那些金字塔附近，出人意料地發現了一系列的墓穴。這個發現引起了極大的轟動。考古證明，那個古墓原來是第八代王朝一位鮮為人知的國王孟哈拉的陵寢。當年，那個古老的王國已經開始沒落，歷史上所記載的有關資料很少。因此，各大報紙都對這些發現給予很詳盡的報導。

不久之後發生了一件事，引起公眾的特別關注：約翰·威拉德爵士突然死於心臟病。

一些愛造謠生事的報紙立刻藉機重提那些古老的迷信傳說，說有些寶藏會給人帶來厄運。倫敦博物館收藏的木乃伊，還有古老的紅鬃馬，又重新激起人們的好奇心，一時間議論紛紛。博物館對這些說法都予以否認，但是，各種蜚短流長依然不斷。

兩個星期後，波雷納先生死於急性血液中毒。幾天後，他的一個侄子在紐約開槍自殺。「孟哈拉的詛咒」一時間成了熱門話題，早已灰飛煙滅的古埃及法老王魔力，又死灰復燃到了不可思議、令人生畏的地步。

正在這時，白羅收到威拉德夫人一封簡短的信函，威拉德夫人就是那位已故考古學家的遺孀。她邀請白羅到她位於肯辛頓廣場的家裡見面，我就陪白羅一同前往。

威拉德夫人是個又高又瘦的女人，身著黑色喪服，她的滿面愁容將她新近所遭受的巨大打擊表露無遺。

「您這麼快就趕到這兒實在是太好了，白羅先生。」

「我隨時願意為您效勞，威拉德夫人，您想跟我談談嗎？」

「我知道您是一位偵探，但是，並不僅僅因為您是位偵探，我才想找您談，我知道您對事情有獨到的見解，您閱歷豐富，深諳世故又富有想像力。請告訴我，白羅先生，您對不可思議的超自然力量持有何種觀點？」

白羅在回答之前猶豫了片刻，看上去是在思考，然後他說道：「我們先做個溝通，威拉德夫人。您現在問我的這個問題不是一般意義的問題，而是包含著一種個人的請求，對不對？您這是在委婉地談論您亡故丈夫的死因。」

「正是這樣。」她承認了。

「您是要我調查他的死亡原因嗎？」

「我想請您為我證實報紙的言論有多大的可信度，事實的情況又是如何。接連死了三個人，每一個都可以理解為自然死亡或自殺身亡，但是把這三件事放在一起，也可以說是一種令人難以置信的巧合，而且都是發生在發掘古墓後的一個月內！你可以說這僅僅是迷信，也可以說是現代科學難以解釋的古老詛咒。而事實卻無法改變——三個人死了！我很害怕，白羅先生，我怕得要命，也許一切還沒結束。」

「您到底替誰害怕呢？」

「替我兒子。一聽到我丈夫的死訊，我就病倒了，於是我兒子從牛津回來，趕到我丈夫死亡的地方去，把他的……他的屍體帶回家。可是儘管我日夜祈禱、挽留，他卻又再度前往。他對考古工作著了迷，他想接替他父親繼續進行挖掘工作。您或許認為我是個愚蠢迷信的女人，不過，白羅先生，我真的很害怕。假如那位死去國王的幽靈還沒安息，那怎麼辦？也許在您看來，我是在胡言亂語——」

「不，不會，威拉德夫人，」白羅趕緊說，「我也相信迷信的力量，迷信是有史以來最強大的力量之一。」

我驚詫地望著他，無論如何我也難以相信白羅會是個迷信的人。不過，這位小個子顯然急於想證實這一點。

「您需要我來保護您的兒子，我會盡我所能使他避開凶險。」

「是的，在一般情況下，這是並不難。可是，對付那神祕莫測的力量，您有把握嗎？」

「在中世紀的書籍裡，您可以找到很多破除魔咒的辦法，威拉德夫人。它們也許比我們現代人的先進科技還有效。現在，讓我們回到事實上來吧，這樣，我才可以得到一些啟示。您的丈夫自始至終都是一個獻身古埃及地區的考古學家，對吧？」

「是的，從他年輕時就這樣，他是那個領域裡最出色的權威專家。」

「不過，我聽說波雷納先生也是一個業餘愛好者。」

「啊，是的。波雷納先生是個很有錢的人，他可以自由自在地按照自己的愛好做任何事情。我的丈夫想盡辦法使他對埃及考古產生興趣，正是他出錢為這次考古遠征的工作提供了充足的經費。」

「那麼他的侄子呢？您知道他的興趣愛好嗎？他是不是也參加了考古工作？」

「我不清楚。事實上，我從來就不知道有他這麼一個人。我是從報紙上讀到他死亡的消息時才知道他。我認為他和波雷納先生的關係不會有多親密，波雷納先生從未提過他有任何親戚。」

「他們那個挖掘小組中還有其他成員嗎？」

「啊，有一位托斯威博士，他是大英博物館的行政人員，還有一位是紐約大都會博物館的施奈德先生；還有一位年輕的美國祕書；艾姆斯和遠征小組同行，一起履行醫生的職責；還有哈桑，他是我丈夫忠心耿耿的僕人。」

「您記得那位美國祕書的名字嗎？」

「我想，可能是叫哈珀。不過，我不確定，他和波雷納先生在一起的時間不長，他是個很令人愉快的小夥子。」

「謝謝您，威拉德夫人。」

「如果還有什麼別的情況——」

「暫時沒有了。現在把這件事交給我來辦吧，請相信，我一定竭盡全力來保護您的兒子不受到人為的傷害。」

這些話，確切地說，不是令人絕對放心。我也注意到當白羅這麼說的時候，威拉德夫人眨了眨眼睛。然而，與此同時，事實證明她沒有低估她的恐懼，這對她來說似乎也是一個安慰。

對我來說，我以前從未想過，白羅對迷信一事竟然有這麼深刻的看法。在我們回家的路上，我不停地問他這方面的問題，他的表情非常嚴肅。

「是的，海斯汀，我相信這些東西。你絕對不能低估迷信的力量。」

「對迷信我們該怎麼辦呢？」

「實事求是，海斯汀。好了，首先我們要向紐約方面發電報，查詢波雷納先生的侄子死亡的詳細情況。」

他即時發出了電報。回電內容詳實，情況準確。年輕的盧皮特．波雷納近幾年來一直生活貧困，他做過遊民，在南太平洋的島嶼上謀生過，但是要靠國內的匯款接濟度日。兩年前，他返回紐約。在紐約，他的生活更是急轉直下，朝不保夕。對我來說，印象最深的一件事就是，他最近籌措到了足夠的費用到埃及去了一趟。「在那裡，我有一個可以借錢的好朋友。」他這樣說。可是，到了那裡，他的計畫落空了，於是他又回到紐約，詛咒他的吝嗇鬼叔叔，說他叔叔重視死人和國王的骷髏甚於對至親骨肉的關懷，正是他在埃及的逗留期間，發生了約翰．威拉德爵士的死亡事件。盧皮特在紐約的生活每下愈況，後來潦倒不堪。最後，沒有任何徵兆，他就自殺了，身後留下了一封信，信上寫了幾句稀奇古怪的話，好像是基於一時悔恨而寫下的。他說自己是個痲瘋病患，是個無用的社會遊民，信的結尾寫道，他這樣死去適得其所。

一個模糊的念頭閃過我的大腦。我從來就不曾真正相信死去的埃及法老會進行所謂的復仇。現在，我看到的是一樁更具有現代性的罪行。可能是這個年輕人下決心要幹掉他叔叔，辦法是下毒。但由於失誤和疏忽，約翰．威拉德爵士喝下了那杯致命的毒藥。這個年輕人返回紐約，一直為他的罪惡所困擾，他叔叔死亡的消息傳到他耳朵之後，他想到當初自己下毒這一著實在是毫無必要。悔恨和懊惱使他痛心疾首，終於讓他下決心結束了自己的生命。

我將我的推理大概向白羅說了一遍，他很感興趣。

「你能想到這些，表示你很聰明——簡直可以說是足智多謀了。這些可能是真的，不過，你卻忽略了『古墓』這個至關重要的先決條件。」

我聳聳肩膀。

「你還認為這些事和古墓有關？」

「與古墓關係重大，我親愛的朋友。明天我們就出發到埃及去。」

「什麼？」我驚訝地叫道。

「我說了，明天我們要去埃及。」白羅的臉上出現了英雄般的光芒。接著，他表情痛苦不堪地呻吟道：「不過，唉，海洋呀，那可惡的海洋呀！」

一星期後，我們的腳便踏在大沙漠中那金色的沙子上了，炎熱的太陽從頭頂直射下來。白羅整個人顯得痛苦不堪，面容憔悴地站在我的身旁；這個小個子絕對不適合長途旅行。我們從馬賽上船，這四天的航行對他來說是一段漫長的痛苦歷程，他在亞歷山大港登陸的時候已經變得面目全非了，他甚至難以保持他一向衣著整潔的習慣。我們來到開羅，立刻驅車趕赴蒙娜大飯店，它就坐落在大金字塔的旁邊。

埃及的魅力深深吸引了我，但是白羅卻並不感到它有多麼迷人。他的衣著又和在倫敦時完全一樣了，他在口袋裡裝著一把小刷子，不時地刷去沾在他黑色衣服上的塵土。

「我的皮鞋！」他痛苦地哀號道，「你看看我的鞋子，海斯汀，它可是用上好的皮革做的，總是那麼光潔亮澤。可是現在，你看看，跑進裡面的沙子磨得我腳疼。再看看鞋面，它簡直有礙觀瞻。還有這悶熱的天氣，它使我的小鬍子變得軟弱無力……哎，都塌下去了。」

「你看看那個獅身人面的斯芬克斯，」我急忙招呼他。「即使我，也能感受到它的神祕和魅力。」

白羅看了它一眼，並不認同。

「它沒有一絲高興的樣子。」他說道，「它怎麼會高興得起來呢？一半身子都埋在沙子裡了，四周又這麼凌亂不堪。啊，這可惡的沙子！」

「走吧，在比利時也有很多沙子。」我提醒他說。

我指的是我們在諾克希諾的一次度假。導遊手冊上說那裡的沙子聞名於世，是「美麗的沙丘」。

「在布魯塞爾是沒有沙子的。」白羅打斷了我的話，眼睛盯著大金字塔。「說實話，這些金字塔起碼還是符合幾何圖形，而且也很牢固。不過它們的外觀這麼不平整，看上去很令人難受，那些棕櫚樹我也不喜歡；在栽種的時候，它們並沒有被整齊地安排好！」

我打斷了他的牢騷，建議我們動身到考古營地去。我們需要騎駱駝到那兒；那些駱駝耐心地跪在地上，等著我們騎上駝背。幾個很有異國情調的男孩子看守著這些駱駝，為首的是一個非常健談的專業導遊。

我目睹了白羅騎駱駝的全部過程，堪稱一大奇觀。剛上駱駝時他呻吟不止，愁眉苦臉，很快地他又爬下來齜牙咧嘴地做著手勢，不斷禱告，祈求眾神的保佑——從聖母瑪利亞到每一位神靈他都禱告過了。然後再爬上駱駝背。最後，他還是很沒面子地從駱駝背上爬下來，騎上一頭小毛驢，才算把這段路給走完。我必須承認，騎在一匹慢步小跑的駱駝背上，對一個新手來說可絕對不是件容易的事：我因為一路顛簸，渾身痠痛了好幾天。

終於，我們來到了考古發掘現場，一個皮膚被太陽曬得黝黑的男子出來迎接我們。他長著花白的鬍子，穿一件白衣服，頭上戴著一頂頭盔。

「你們是白羅先生和海斯汀上尉嗎？我們接到了你們的電報，很抱歉沒有人到開羅去迎接你們；我們這裡出了一件意外事件，打亂了我們的全部計畫。」

白羅的臉立刻變得毫無血色，他的手本來要偷偷地伸進衣袋，掏他的小刷子來刷衣服，這時停住了。

「又死了一個人？」他屏住呼吸問道。

「是的。」

「是蓋伊．威拉德爵士吧？」我大聲問。

「不是的，海斯汀上尉，是我的美國同事施奈德先生。」

「死亡原因呢？」白羅接著問。

「破傷風。」

我頓時也臉色蒼白。周圍的一切在我看來有一種難以捉摸的、陰森恐怖的氣氛！一種可怕的念頭突然閃現在我的腦際：假如下一個是我該怎麼辦？

「天啊，」白羅壓低了聲音叫了一聲，「這件事讓人難以置信，這太可怕了。請告訴我，先生，確定是破傷風嗎？」

「我相信是的，不過，艾姆斯會講得比我更詳細。」

「啊，當然了，您不是那位醫生。」

「我叫托斯威。」

那麼，這位就是威拉德夫人所說的在大英博物館任職的英國專家了。他身上那種堅定不移、嚴肅認真的氣質，立刻吸引了我的注意力。

「如果你們跟我來的話，」托斯威博士接著說，「我就會帶你去見蓋伊．威拉德爵士。

他急於要得到你們到來的消息。」

我們穿過營地，來到一個大帳篷前。托斯威博士掀開門簾，我們走了進去，裡面坐著三個人。

「白羅先生和海斯汀上尉到了，蓋伊爵士。」托斯威博士說道。

三人中最年輕的那個人立刻站起身來，走上前來向我們問候。他有一種輕莽的氣質，這使我立刻想起了他的母親。他不像其他人曬得那麼黑，但眼睛周圍由於憂慮、悲痛而出現了一圈黑暈，這使他顯得比他二十二歲的實際年齡要老得多。很明顯，他正忍受著內心的巨大壓力。

他向我們介紹了他的兩位同事。艾姆斯醫生年紀在三十歲左右，看起來很能幹，鬢角上有一縷白髮；哈珀先生，就是那位祕書，是一位隨和而瘦削的年輕人，戴著一副寬邊眼鏡。幾分鐘的寒暄過後，那位祕書出去了，托斯威博士隨後也走了，帳篷裡只剩下我們和蓋伊·威拉德爵士，還有艾姆斯醫生。

「請提出您想知道的任何問題，白羅先生，」威拉德說，「我們被這一連串奇怪的災禍搞得心慌意亂，完全失去了方寸，然而這可能只是——這不可能是一種巧合。」

他的話裡有一種緊張的味道，明顯可以聽出他詞不達意。我看見白羅正仔細盯著他看。

「您確實把所有精力都投到挖掘工作上了嗎，蓋伊爵士？」

「是的。不管會發生什麼事，或不管它的結果如何，這項工作必須繼續下去，這一點您要明白。」

白羅又把臉轉向另一位。

「您有什麼要說的嗎，醫生？」

「我嗎？」那位醫生說道，「我不贊成放棄。」

白羅又一次露出了苦相。

「那麼，很顯然，我們必須先搞清楚目前的狀況。施奈德先生是什麼時間死的？」

「三天前。」

「您確定他死於破傷風嗎？」

「絕對確定。」

「不可能是番木許鹼中毒引發的死亡嗎？」

「不可能，白羅先生，我知道您的意思，但這是很明顯的破傷風病例。」

「你們難道沒有事先注射帶有抗體的血清嗎？」

「我們當然都注射了，」那位醫生冷冷地說，「所有可能發生的情況，我們都採取了預防措施。」

「血清是您帶的嗎？」

「不，我們是從開羅弄來的。」

「在營地裡是否還有其他破傷風病例？」

「沒有，一個也沒有。」

「波雷納先生的死因是破傷風嗎？」

「絕對不是。他把大拇指劃破了，大拇指感染，導致敗血病菌侵入引發死亡。對於一個外行人來說，聽上去像是兩個人死於同樣的病症，然而這是截然不同的兩種病因。」

「那麼我們就有了四種死亡的情況，全都不同，一個死於心臟病，一個死於血液感染，一個自殺身亡，另外一個染上了破傷風。」

「沒錯，白羅先生。」

「您確定沒有什麼東西能把這四種情況聯繫起來嗎？」

「我不太明白您的意思。」

「我把它說得更明白一點。死去的這四人，是否有什麼行為對孟哈拉神靈不恭敬呢？」

醫生驚訝地對白羅瞪大了眼睛。

「您不是在信口開河吧，白羅先生？您不應該相信那些愚蠢透頂的謠言；這簡直是胡說八道。」

白羅平靜地一動也不動，眨著他明亮的眼睛。

「這麼說你不相信這種事了，醫生先生？」

「是的，先生，我不相信。」那位醫生加重了語氣，強調說，「我是一名科技人員，我只相信科學。」

「那麼古埃及就沒有科學嗎？」白羅語調平和地問道。其實他無意等待答覆。事實上，艾姆斯醫生好像一時還轉不過來。「不，不，不用回答我，但是請告訴我下面的這個問題：當地的工人怎麼看待這件事？」

「我想，」艾姆斯醫生說，「既然白種人腦子都發昏了，在地的人更不可能保持清醒。我得承認，他們可以說是被嚇壞了，雖然他們並沒有理由害怕得那樣厲害。」

「我懷疑。」白羅不置可否地說了句。

蓋伊・威拉德爵士向前傾了傾身子。

「當然了，」他用令人難以置信的口氣大喊道，「你不可能相信——噢，但是事情的確荒謬透頂！你如果那麼想的話，你對古埃及就是一無所知。」

白羅從口袋裡掏出一本小書——一本破舊不堪的古書。他把書展示給大家看的時候，我看清了它的題目：《古埃及人的魔法》。他把書在大家眼前晃了一圈，然後踱步出了帳篷。那位醫生兩眼瞪著我。

「他是不是有些小小的想法？」

這句話是白羅經常掛在嘴邊的，此時從另一個人的嘴裡說出來，讓我覺得很有意思。

「我不清楚，」我承認道，「我相信他有一些驅趕魔鬼的計畫。」

我出去找白羅，看見他正和一個面容消瘦的年輕人說話，那人就是已故波雷納先生的祕書哈珀。

「不，」哈珀先生正在說，「我來考古小組已有六個月。是的，我對波雷納先生的事務了解得非常清楚。」

「您能給我講講有關他侄子的情況嗎？」

「有一天，他來到這裡——看起來是個不壞的年輕人，以前我從未見過他，不過其他幾個人有人認識他，艾姆斯，還有施奈德都見過他。那個老人見到他並不高興，他們兩個在一起簡直是水火不容，一見面就吵架。『一分錢也沒有！』那個老人怒不可遏。『現在沒有，等我死了也沒有！我要把我的錢投入我畢生追求的事業，今天我已經和施奈德先生談過此事了。』他們每次談話大都是同樣的內容，後來年輕的波雷納先生很快就到開羅去了。」

「那時候他的身體很好嗎？」

「您是說那位老人？」

「不，那個年輕人。」

「我相信他確實提起過他的身體有些問題，不過，那不可能是什麼特別嚴重的病，不然的話，我應該會有印象。」

「再問一個問題，波雷納先生留有遺囑嗎？」

「據我們所知，沒有留下遺囑。」

「您打算和考古小組一起留下來嗎，哈珀先生？」

「不，先生，我不打算留下來，一把這裡的問題理出頭緒來，我就立即動身去紐約。您可以笑我，但是我不打算成為這個萬惡孟哈拉的下一個犧牲品。如果我待在這裡，總有一天它會將我抓住並帶走。」

那個年輕人擦了擦從他額上滲出的汗珠。

白羅轉身離開，但又回過頭來，帶著一種意味深長的微笑留下一句話：「請記住，在紐約，他同樣帶走了他的一個犧牲品。」

「噢，真該死！」哈珀先生狠狠地說。

「那個年輕人神情太緊張，」白羅沉思道，「他正處於崩潰的邊緣。」

我奇怪地看著白羅，但是除了他臉上那令人費解的微笑之外，什麼也沒看出來。在蓋伊・威拉德爵士和托斯威博士的陪同下，我們查看了整個考古挖掘現場。最主要的考古發掘物都被運到了開羅，不過，古墓裡出土的有些東西也十分有趣。那位年輕爵士的熱情很顯而易見，但是，我能夠從他的話語、神情中感覺到他內心極度緊張，好像怎麼也擺脫不掉空氣中瀰漫的某種威脅。當我們走進他們為我們準備的帳篷，打算在吃晚飯之前沖洗一下的時候，我看見一個高大的黑影站在一旁，他身著白色長袍，做了一個優雅的手勢，讓我們從他身邊經過，還用阿拉伯語低聲向我們問候，白羅停住了腳步。

「你是哈桑，是約翰・威拉德爵士的僕人？」

「過去，我為我的約翰爵士效勞；現在，我侍候他的兒子蓋伊・威拉德爵士。」他向我們走近了一步，壓低了聲音說，「他們說你是聰明人，知道怎樣對付那些妖魔鬼怪。快讓我年輕的主人離開這裡吧，在我們周圍的空氣裡，到處充滿了邪惡。」

他出其不意地做了一個手勢，也不等我們答覆，就匆匆走開了。

「空氣裡充滿了邪惡。」白羅重複了一句，「是的，我已經感覺到了。」

我們的晚餐在戶外進行，很難說有多麼令人愉快，飯桌上只聽托斯威博士一個人在滔滔不絕地講著，最後他講到了古埃及人的生活習慣。正當我們準備退席休息的時候，蓋伊爵士抓住白羅的手臂用手指著給他看：在帳篷裡出現了一個若隱若現、正在移動的影子。這不是個人影，我清楚地辨認出，這是我在那個古墓的牆上看到過的、長著狗頭的影子！

一看到這種情景，我全身的血液都凝固了。

「天啊！」白羅喃喃低語道，拚命在自己身上畫著十字。「這是狗頭人身神祇，是古埃及導引亡靈之神！」

「有人在嚇唬我們！」托斯威博士憤怒地跳起來喊道。

「他進了你的帳篷，哈珀。」蓋伊爵士緊張地說，他的臉慘無人色。

「不，」白羅搖了搖頭說，「它進了艾姆斯醫生的帳篷。」

那位醫生滿腹狐疑地盯著白羅看。然後，他也重複著托斯威博士說過的話，喊了起來。

「有人在嚇唬我們，大家一起上，我們很快就能抓住那傢伙！」

醫生勇往直前地衝了過去，尋找那個若隱若現的幽靈，我緊隨其後。但是，儘管我們搜索得很仔細，還是無法找到任何有人出現過的痕跡。我們只好心煩意亂地返回，這時卻發現白羅以他獨特的方式採取積極措施來保護自己的安全。他正忙於在沙地上畫著各種各樣的符號、圖形，也在我們的帳篷周圍畫了一圈。我看得出來，五角星和五邊形這些圖形被畫了很多次。像他一貫的做法那樣，他在地上畫圖的同時，嘴裡也不停地即興說些防妖驅魔的咒語，還從亡靈書和古書中引經據典，說個不停。這顯然激起了托斯威博士極大的蔑視。他把我拉到一旁，憤怒地表示他對白羅的這種做法嗤之以鼻。

「一派胡言亂語，先生，」他憤怒地說道，「純粹是愚昧無知。這人是個騙子，他根本不知道中世紀的迷信和古埃及人信仰之間的天壤之別。從來沒聽過這種愚昧無知加迷信愚蠢的大雜燴。」

我讓那個激動不已的考古專家平靜下來，然後和白羅進了帳篷。我的這位矮個子朋友興奮得紅光滿面。

「現在，我們可以安然入睡了！」他快活地說道，「睡著了我也能唸咒語，只是我的頭疼得厲害。啊，要是來一杯用草藥熬的茶就好了。」

好像是對他的祈禱有所應驗，帳篷的門簾被挑開，哈桑出現了。他端著一杯滾熱的茶遞給了白羅，這是用黃春菊泡的一種茶，也是白羅特別喜歡喝的。謝過了哈桑，謝絕了他也給我來一杯的美意，帳篷裡又只剩下我們兩個人了。脫了衣服，我在帳篷門口站了一會兒，朝外張望著遼闊的沙漠。

「多麼奇妙的地方啊，」我大聲說，「多麼了不起的工作呀，我可以感受到它的魅力，這種沙漠生活，這種對消失文明的深入挖掘和探索。白羅，毫無疑問，你也一定感覺到了這股魅力吧？」

我沒有得到回答，有些生氣地轉過身，我的生氣很快變成了擔心。白羅正橫躺在粗糙的地毯上，他的臉可怕地扭曲著，他的身旁是那只喝空了的杯子。我衝到他身邊，然後又飛奔出帳篷，穿過營地來到艾姆斯的帳篷裡。

「艾姆斯醫生！」我大叫道，「快過來！」

「出了什麼事？」那位醫生穿著睡衣出來了。

「我的朋友，他生病了，快要死了。是因為喝了那杯黃春菊茶。別讓哈桑離開營地！」

醫生像箭一般衝進我們的帳篷，白羅像我離開時那樣在原地一動未動，仍然躺在那裡。

「啊，」艾姆斯喊道，「看起來好像是急病發作──您說他剛才喝了什麼？」他撿起那只空杯子。

「只是我並沒有把它喝下去！」一個平靜的聲音說。

我們倆都詫異地轉過頭，只見白羅正從床上坐起來，他微笑著。

「不，」他輕聲對醫生說道，「我沒有把它喝下去。當我的好朋友海斯汀在對著夜景抒發感慨的時候，我趁機把它給倒了，不是把它倒進了我的喉嚨裡，而是倒進了一個小瓶子裡，而這只小瓶子將被送到法醫那裡進行化驗分析（這時醫生似乎吃了一驚，把手迅速伸進口袋）。身為一個有理性的人，你應該知道暴力是不會有好結果的，在海斯汀去叫你的時候，我有足夠的時間把那只裝藥的瓶子放在一個安全的地方。啊，快，海斯汀，抓住他！」

我沒有理會白羅焦急的語氣去抓住醫生，只一心想著保護我的朋友白羅。我飛身奔到了他的面前，但是那位醫生敏捷的動作卻是另外的意思。他的手突然放進了自己的嘴裡，一股苦澀的杏仁味瀰漫在空氣中，他身子晃了晃，向前栽倒在地上。

「又一個犧牲品，」白羅神色嚴肅地說道，「但這是最後一個。也許這是最好的結果，他身上背負了三條人命。」

「艾姆斯醫生？」我吃驚地喊道，「可是，我還以為你真的相信什麼神祕不可測的力量呢。」

「你誤解我了，海斯汀，我的意思是，我相信迷信的可怕力量，一旦人們產生了頑固的想法，認為一系列的死亡事件都是因為超自然的力量而發生，那麼，你就可以在光天化日下輕易地對人下毒手，而且仍然可以把它說是一種詛咒。所謂超自然的迷信思想，在人類的頭腦中竟然是如此地根深柢固！我從一開始就懷疑有人會利用這種迷信思想，我認為約翰・威拉德爵士的死亡使他產生了這種想法。直到目前為止，據我所見，沒有任何人因約翰爵士的死亡而得到任何好處。波雷納先生的情況就不同了，他是個很有錢的人，我從紐約得到的這個消息包含了好幾種意思。首先，年輕的波雷納——也就是他的侄子——說過他在埃及有個好朋友，他可以從他那裡借到錢。表面聽來，他所指的那個人是他的叔叔。但是在我看來，如果是那種情況，他可以說得更清楚一些，他說那種話就表示他是指某個對他有所幫助的朋友。其次，他籌措到了足夠的錢使他到了埃及，他的叔叔卻當下拒絕給他任何一分錢。然而，他還是能夠支付返回紐約的費用，其中必定有人借給了他一筆錢。」

「可是這些推理都很勉強。」我反對道。

「還有，海斯汀，經常會有這種情況——話說得很隱晦，卻可以從字面上來理解，相反的情況也同樣會發生。以這個案子而言，人們捨棄了字面上的意義，而去探求它隱晦的含義。年輕的波雷納死前清清楚楚地寫下『我是一個痲瘋病患』，但是，沒有人想到他開槍自殺，確確實實是因為他相信自己染上了可怕的痲瘋病。」

「什麼？」我張口結舌。

「這是一個惡毒的傢伙想出的聰明詭計。年輕的波雷納當時得的是一種並不嚴重的皮膚病。他在南太平洋島上住過，在那裡，這種皮膚病相當普遍。艾姆斯是他的老朋友，而且是個非常知名的醫療專家，他作夢也不會去懷疑他的話。當我來到這裡時，我的懷疑對象是哈珀和艾姆斯醫生兩人，但是我很快就知道，只有醫生才可能作惡犯罪並且掩蓋罪行。我從哈珀嘴裡得知，醫生以前就認識年輕的波雷納，毫無疑問，年輕的波雷納不知在什麼時候寫過遺囑，或給自己投了人壽保險，表示將來要把遺產或者保險金留給那位醫生，於是後者看到了他一夜致富的機會來了：在給老波雷納先生注射預防疫苗的時候，也就是給他注射致命病菌的機會，然後，就是波雷納的侄子在聽到老朋友告訴他他患上痲瘋病之後，萬分絕望地開槍自殺了。不管波雷納先生的意願如何，他都沒有留下任何遺囑，他的財富將轉交給他唯一的親人，亦即他的侄子，從他年輕的侄子波雷納那裡，最後再轉交給這位醫生。」

「那他為什麼要殺死施奈德先生呢？」

「這我們不清楚。他也認識年輕的波雷納，這你記得吧？也許醫生懷疑他知道內情，也許是醫生認為毫無動機、毫無目的地多死一個人，會使那種迷信的說法更加令人信服。再者，我要給你講一個有趣的心理現象，海斯汀，一個謀殺者，總是有一種強烈的願望想要重複他曾經成功的罪行。這種不斷重複犯罪的想法，會在他的腦子裡生根發芽。因此，我替年輕的威拉德擔心。今天晚上那個導引亡靈之神的身影，就是哈桑按照我的命令化裝的，我想看看我是否可能讓醫生感到害怕。但是，要讓他害怕，不能僅僅是製造迷信，我可以看出，我假裝相信迷信，他根本就沒上當。我導演的那個小小戲劇，根本沒能騙過他，我因此懷疑他會施行陰謀，使我成為下一個犧牲品。啊，儘管旅途暈船，一路顛簸，炎熱難當，還有可惡的沙子，但我這些小小灰色腦細胞仍然運轉正常！」

結果證明，白羅的推斷完全正確。年輕的波雷納幾年前有一次喝得酩酊大醉，曾開玩笑似地立了一個「遺囑」：

將他垂涎已久的香菸盒，以及我死的時候能夠擁有的其他物品，都毫無條件地奉送給我的好朋友羅伯特·艾姆斯。他曾經救過我的命，使我免於慘遭滅頂。

這件案子盡可能地不被張揚出去。直到今日，人們在談到那一連串引人注目的死亡案件時，還把它和孟哈拉古墓聯繫在一起，並且把那些死亡案件看成是一個古代法老對掘墓者行使報復的證據——這種說法，就像白羅向我指出的那樣，和所有的古埃及信仰、思想都是背道而馳的。

07

飯店珠寶謎案

Poirot Investigates

「白羅，」我說道，「換一換空氣對你會有好處。」
「你這麼認為嗎，我親愛的朋友？」
「當然我是這樣想的。」
「噢，嗯？」我的朋友笑著說，「那麼說，一切都安排好了？」
「你打算去嗎？」
「你想把我帶到哪兒去？」
「布萊頓。事實上，我的一位朋友幫我賺了一筆錢，因此，我準備『大肆揮霍』一番，就像人們說的那樣。我認為在『大都會飯店』度一個週末，是世間莫大的享受。」
「謝謝你，我衷心感激地接受這一邀請。你有一顆善良的心，能夠替一個老年人設想，那顆善良的心抵得上我這顆腦袋的全部智慧。是的，是的，我此時此刻是這樣對你說，有時候卻容易忘記這一點。」
我並不奢望這種誇獎，有時候，我認為白羅總是有點低估我的才智。但是，他那麼興高采烈，我那微不足道的不愉快也就無所謂了。
「那麼我們走吧。」我催促道。
星期六晚上，我們在大都會飯店共進晚餐，周圍都是快樂的人群。整個世界的富麗豪華好像都集中體現在布萊頓了。到處都是考究的服飾和閃耀著光芒的珠寶；有些人佩戴珠寶，與其說是出於嗜好，不如說是出於炫耀。

「啊，這排場是多麼豪華啊！」白羅說道，「這裡正是那些暴發戶的天堂樂園，是嗎，海斯汀？」

「就算是吧，」我答道，「但我們還是希望這裡的人們並不都和暴發戶是一丘之貉。」

白羅平靜地掃視著周圍。

「看到這麼多的珠寶被戴出來，不禁使我有了犯罪的衝動，而且毫無欲望調查任何犯罪。對那些盜竊高手來說，這是多麼難得的機會啊！比如說，海斯汀，你看，靠柱子站著的那個胖女人，你可以說她渾身上下全都透著珠光寶氣。」

我隨著他的目光望去。

「啊，」我叫道，「那是奧帕森夫人。」

「你認識她？」

「有點認識。她丈夫是個股票經紀人，最近石油價格暴漲，他發了一筆大財。」

晚餐後，在飯店休息室，我們遇到了奧帕森夫婦，我向他們介紹了白羅。我們聊了幾分鐘後，便相約一起喝喝咖啡。

白羅對佩戴在那個女人寬闊胸部上的幾件昂貴珠寶稱讚了幾句，那女人立刻興奮起來。

「這是我的一個特殊愛好，白羅先生，我就是喜歡珠寶。愛德知道我這個弱點，所以每次賺了錢都會給我買些新的珠寶；您對這些珍貴的寶石也感興趣嗎？」

「我對它們多有接觸，夫人。職業使然，我見識過一些世界上最著名的寶石。」

白羅接著講了一個被王室收藏且具有歷史意義的寶石故事。當然，他隱去了真名實姓，奧帕森夫人屏氣凝神，聽得入迷。

「啊！」當他講完故事時，她驚呼道，「我自己也有一條珍珠項鍊；關於這些珍珠還有一個故事。我相信它是世界上最好的項鍊……上面的那些珍珠形狀大小非常匹配，色澤也完美無瑕。我應該上樓去把它拿下來給您看看！」

「噢，夫人，」白羅急忙說道，「您太熱情了。千萬當心，別麻煩了！」

「啊，可是我想把它拿給您看看。」

那個胖女人步履蹣跚地朝電梯快步走去，她的丈夫剛才一直在和我談話，現在卻朝白羅投去詢問的目光。

「尊夫人太熱心了，她堅持要給我看她的珍珠項鍊。」

「啊，那些珍珠，」奧帕森露出洋洋得意的笑容。「如果那不是個虛構的故事就好了！您知道，那些珍珠值得一看，它可花了我一大筆錢呀，不過，那錢等於還在我手裡，我什麼時候想賣就能賣出去，而且總能把花費的錢賺回來——也許還能多賺一些。將來有一天可能真得這麼做——如果景氣持續低迷的話。眼下再要掙錢可就不容易了。」他一直喋喋不休地說著。後來說到股票行情和一些術語，我就聽不懂了。

一個小領班向他走來，打斷了他的話，在他耳邊低語了幾句。

「嗯……什麼？我馬上就來。她不會是病倒了吧？對不起，先生們。」

他迅速離開我們。白羅朝椅背上一靠，點上一根他最喜歡的俄國菸。然後，他又非常仔細地把喝空的咖啡杯子擺成整齊的一排，並注視著自己的排列成果，臉上露出滿意的微笑。

時間慢慢過去了，奧帕森夫婦還沒回來。

「奇怪呀！」我終於沉不住氣了，說道，「不知道他們什麼時候才會回來。」

白羅看著嫋嫋上升的煙圈，然後若有所思地說：「他們不會回來了。」

「為什麼？」

「因為，我的朋友，出了點事。」

「什麼事？你怎麼會知道？」我好奇地問。

白羅微笑著。

「幾分鐘前，飯店經理匆匆忙忙走出他的辦公室上了樓，他看來神色憂鬱，十分不安；開電梯的服務生在和那些領班交頭接耳，電梯的鈴聲前後響了三次，但是他好像沒聽見。另外，服務生都變得手忙腳亂了，如果想讓一個經理手忙腳亂的話——」白羅做出結論似地搖了搖頭。「事情一定非常嚴重，啊，和我想的一模一樣！現在，警察來了。」

兩個人正走進飯店大門，一個穿著制服，另一個穿著便服，他們對一個領班說了句話，然後立刻被領著上樓去了。幾分鐘後，領他們上去的領班下樓來，朝我們坐的地方走過來。

「奧帕森先生有請，不知您二位是否願意上樓？」

白羅立刻站了起來，看他的動作，可以說他早在等待著這聲召喚。

「我當然樂於奉陪！」

奧帕森夫婦的房間位於二樓。敲門後，那個領班退了下來。聽到裡面傳來一聲「進來」，我們推門進去，眼前出現一幅令人驚奇的景象。

我們進來的這間房間是奧帕森夫人的臥室，在臥室正中，一把搖椅向後翻在地上，搖椅上正躺著那位夫人，她那副樣子可真夠瞧的，大把大把的眼淚在她塗滿厚厚脂粉的臉上竄流出道道小河。奧帕森先生憤怒地來回踱步，兩個警官站在屋子中央，其中一個手裡拿著記事本。一個負責收拾房間的飯店女服務生看上去嚇得要死，在壁爐旁一動不動地站著。

在房間的另一面，站著一個法國女人，很顯然，她是奧帕森夫人的女僕，也在不停地用手抹眼淚，她所表現出來的巨大悲痛，一點也不亞於她的女主人。

白羅衣著整潔，面帶微笑，信步跨入了這間哭鬧聲、嘈雜聲亂成一團的屋子。身軀龐大的奧帕森夫人立刻從她的椅子上跳了起來，衝到白羅面前。

「您看看現在這個樣子！不管愛德怎麼說，我還是相信運氣，我確實相信。我今天晚上遇到您，真是命運的安排。我還有一種感覺，如果您不能把我的珍珠項鍊找回來，那誰都不可能找到它，這件事除了您，誰也辦不到。」

「請冷靜下來，夫人。」白羅安撫似地拍拍她的手。「一定要振作起來，相信自己，一切都會圓滿解決。赫丘勒．白羅會幫助您！」

奧帕森先生轉向警官說：「我把這位先生叫上來，沒有什麼不妥吧？」

「沒什麼，先生。」那位警官彬彬有禮地答道，可是語調顯得很冷淡。「現在，如果能讓您的夫人說說事情發生的經過，可能她會感覺好一些。」

奧帕森夫人茫然無助地看著白羅。白羅把她領到了椅子旁。

「請您先坐下，夫人，鎮靜一下，然後給我們講一下事情的整個經過，您千萬不要過於悲痛。」

奧帕森夫人竭力克制住自己，小心翼翼地擦乾了眼淚，開始說道：「晚飯後我上樓來取我的珍珠項鍊，我想把它拿給白羅先生看一看。像平時一樣，這個女服務生和我的女僕都在房間——」

「請原諒，夫人，您說『像平時一樣』是什麼意思？」

奧帕森先生解釋道：「我規定除了我的女僕以外，誰也不許走進這個房間。早上，那個女服務生來收拾房間時，我的女僕一定要在這裡；晚飯後，她來整理床鋪時，女僕也要在這裡，否則的話，她就不能進這個房間。」

「好了，就像我剛才說的那樣，」奧帕森夫人接著往下說，「我上樓來了，來到這抽屜前，」她指的是梳妝台右邊最下面的那個抽屜。「拿出我的首飾盒並打開它，首飾盒看起來和往常一樣，但是，裡面的珍珠項鍊不見了！」

那個警官一直忙於在記事本上做記錄，他抬頭問道：「您最後一次看到那些珍珠是在什麼時候？」

「我下樓吃晚餐時，它還在這兒。」

「您確定嗎？」

「當然了。當時我還猶疑著是否該戴著它，但是，最後我決心戴那條嵌著祖母綠寶石的項鍊。然後，就把那條珍珠項鍊放到首飾盒裡了。」

「首飾盒是誰鎖的？」

「是我鎖的，我把鑰匙穿在我脖子上的一條細鍊上。」她說著，將那條細鍊拿起來給我們看。

警官仔細檢查了一下，聳聳肩膀。

「竊賊一定是用一把複製的鑰匙，毫無問題，這把鎖很普通，您將鎖鎖上之後又做了什麼？」

「我把它放到最下面的這個抽屜，我總是這麼做。」

「你沒有鎖上抽屜嗎？」

「沒有，我從來不鎖抽屜。我的女僕在我上樓之前一直待在房間裡，所以根本沒有上鎖的必要。」

警官的臉變得嚴肅起來。

「當您到樓下用晚餐時，首飾還在那裡，而且從那時直到現在，您的女僕一直沒有離開房間——我是否可以這樣說呢？」

突然，好像第一次意識到處境堪虞，那個女僕大聲尖叫起來，撲倒在白羅身上，像飛流急瀑般說了一大串不連貫的法語，那意思是：那警官的暗示太卑鄙下流了，竟然會懷疑我偷了女主人的東西！眾所周知，警察就是這麼愚蠢無比，荒謬透頂！然而，像先生這樣一個法國人——

「不，是比利時人。」白羅糾正道。

但是那個女僕對白羅的糾正毫不在意，她繼續說著。歸納起來大約內容如下：先生絕不會站在一旁袖手旁觀，眼睜睜看著我受到不明不白的指控，而那位卑鄙下流的飯店女服務生，卻可以逍遙法外，不受任何懷疑。我一直就不喜歡這個服務生——一個粗野、紅臉的蠢貨，一個天生的小偷，從一開始我就說過這人不誠實，而且一直對她存有戒心，每次在她整理房間的時候，我都嚴密地監視著她！讓那些白癡笨蛋警察搜查她吧，如果在此人身上找不到女主人的珍珠項鍊，那才真的叫人奇怪呢！

雖然這番長篇大論說得又快又急，用的又是法語，但是那個女僕充滿仇恨的刻毒言詞以及大量豐富的手勢，使那個飯店女服務生至少部分明白了女僕的意思。她的臉因憤怒而脹得通紅。

「如果那個外國女人說我偷了那條珍珠項鍊，那完全是徹頭徹尾的謊言，」她激烈地反駁道，「我從來也沒見過那條項鍊。」

「搜她！」另一個女人尖叫道，「你們會發現結果就像我說的那樣。」

「你就會撒謊，你是個騙子，你聽見了嗎？」那個女服務生反唇相稽。「你自己偷了那條項鍊，還想把它栽贓到我頭上！啊，在夫人上樓之前，我在房間裡只待了三分鐘，可是你自始至終都坐在這裡，像隻貓瞪著老鼠一般。」

警官把詢問的目光又投向了那位女僕。

「這是真的嗎？你從未離開過房間？」

「事實上，我從來也沒有讓她單獨在這裡，」女僕不情願地承認道，「但是，我兩次穿過這個門回到我的房間，一次是取一卷棉布，一次是取剪刀。她一定是在那個時候偷的。」

「你一分鐘也沒有走開過，」女服務生憤怒地反駁，「只是跑出去立刻又返回。如果警察真的搜查我的話，我會很高興，我沒什麼好怕的。」

正在這時，響起了敲門聲。警官走過去開門，當他見到來人時，他的臉立時亮了起來。

「啊！」他說道，「確實很走運，我派人去叫來了我們的一位女警員。您可以跟我們這位剛剛到的女警員到隔壁去一趟吧？」

他看著女服務生昂著頭穿過房間到隔壁去了，女警員緊隨其後。

那個法國女孩坐在椅子上嗚咽起來。白羅仔細地查看這個房間。

「那扇門是通到哪裡？」他抬起下巴用目光示意靠窗戶的那扇門問道。

「我想它是通到隔壁房間吧。」那個警官說，「不過，它從這邊被鎖住了。」

白羅走過去，推門試了試，然後打開了鎖又試了一下。

「另一邊也上了鎖。」他說道，「好吧，看來可以排除掉這一可能性。」

他又走到窗戶前，逐一檢查了每扇窗子。

「啊，又是……什麼也沒有。外面連個陽台都沒有。」

「即便是有，」那位警官不耐煩地說，「如果這位女僕從未離開過房間，我不明白這扇窗戶會對我們有什麼幫助。」

「顯而易見，」白羅並沒有感到窘迫。「正如這位小姐所說的那樣，她確實沒有離開過房間——」

他的話停了下來，那位飯店女服務生和那位負責搜身的女警員重新回到了房間。

「什麼也沒發現。」那位女警員極為簡練地說道。

「事實上，根本就不可能發現。」女服務生一派清白無辜的神情說，「那個法國賊女人應該為自己感到羞恥，她竟然想玷汙一個誠實女孩的清白。」

「好了，好了，小姐，這樣就行了，」警官打開了房門。「沒有懷疑你了，你現在可以回去做你的工作了。」

女服務生不情願地走開，邊走邊指著女僕問道：「要搜查她嗎？」

「當然，當然。」

警官答應著把她送出門，並把門關上。

女僕隨女警員到了另外一個房間，幾分鐘後，她們就出來了，在她身上同樣一無所獲。

警官的臉變得更加嚴肅了。

「恐怕我不得不請您跟我們走一趟了，小姐。」他又轉身對奧帕森夫人說，「很抱歉，夫人。但是，所有的證據都說明了一點，如果她沒有把項鍊藏到自己身上，那麼一定是把它藏在這個房間裡的什麼地方。」

女僕尖叫一聲，抓住了白羅的手臂。白羅彎下腰，在她的耳邊低語了幾句，她滿臉疑惑地抬起頭望著他。

「我的孩子——我想你最好還是不要拒絕。」然後他對警官說，「先生，您是否允許我做一個小小的實驗呢？這純粹是為了滿足我個人的興趣。」

「那要看這是什麼樣的試驗了。」警官莫衷一是、語意含糊地說。

白羅又對女僕說道：「你說你到房間裡去拿過一卷棉布；棉布放在哪裡？」

「就放在那個五斗櫃的上面，先生。」

「那剪刀呢？」

「也在那上面放著。」

「小姐，可否請你再重複這兩個過程？你說你是坐在這兒的？」

女僕坐下來，然後在看到白羅的手勢後，站起來穿過房間到了隔壁，從五斗櫃上拿起一件東西又轉身返回。

白羅一邊仔細看著她來回跑，一邊注視著自己端在掌心的那只大懷錶。

「如果你不介意的話，請再來一次，小姐。」

隨著第二趟跑動的結束，他在他的記事本上寫了些什麼，然後把錶放回口袋裡。

「謝謝你，小姐。還有您，先生，」他朝那位警官點點頭。「謝謝您的特別准許。」

警官對他的謙恭有禮感到非常高興。在那位女警員和便衣警官的陪同下，女僕哭哭啼啼被帶離了房間。

然後，那位警官朝奧帕森夫人簡單地道了歉，就開始搜索房間。他拉開所有的抽屜，也打開了壁櫥，徹底將床上的被褥翻了一遍，然後，又敲了敲地板；奧帕森先生站在一邊，懷疑地看著。

「您認為您能找到？」

「是的，先生。竊賊沒有時間將項鍊帶出房間。夫人這麼快就發現了項鍊失竊，從而阻止了她的原定計畫。是的，它一定是在房間裡，這兩個人當中一定有一個將它藏了起來……那位女服務生不太可能做到這一點。」

「不是不太可能，簡直就是不可能。」白羅平靜地說。

「嗯？」警官瞪大眼睛。

白羅溫和地微笑著。

「我來示範一下。海斯汀，我的好朋友，請拿著我的錶——千萬當心，這可是個傳家寶！剛才，我給那位小姐兩次的來回過程計過時了。她第一次離開屋子用了十二秒鐘，第二次用了十五秒。現在，請仔細看我的動作。夫人，請將首飾盒的鑰匙給我，謝謝您。我的朋友海斯汀來發口令。」

「開始！」我說。

隨著我的話聲，白羅以令人難以置信的速度打開梳妝台的抽屜，從裡面拿出首飾盒，將鑰匙插進鎖孔，打開盒子，挑出一件首飾，然後又將首飾盒關上鎖好，重新放回到抽屜裡，並用力將抽屜推上。他的動作快如閃電。

「怎麼樣，我的朋友？」他氣喘吁吁地問我。

「四十六秒。」我回答。

「你們明白了嗎？」他看著大家問。「那位女服務生根本就沒時間把項鍊拿出去，更不要說是把它藏起來了。」

「那麼說，這件事一定是女僕幹的了。」

警官臉上露出了滿意的神情，重新開始搜索，他走進了隔壁女僕的房間。

白羅皺著眉頭沉思著，突然，他向奧帕森先生問了一個問題。

「這個項鍊……應該保了險吧？」

奧帕森先生覺得很奇怪，認為這無關緊要。

「是的，」他猶豫著說，「是這樣。」

「但那又有什麼用呢？」奧帕森夫人眼淚汪汪地插話說，「我要的是我的項鍊，它是獨一無二的，不可能再買到一條和它一模一樣的了。」

「我明白，夫人，」白羅安撫地說，「我非常明白懷舊是正常的——是這樣嗎？不過，先生，如果不要那麼多愁善感的話，毫無疑問，總會在這件事情上稍稍感到一絲安慰。」

「當然，當然。」奧帕森先生相當不確定地說，「可是——」

他下面的話被警官勝利般的歡呼聲打斷了。他手裡搖晃著一件什麼東西，從隔壁走了進來。

奧帕森夫人尖叫一聲，從椅子上跳了起來，她整個人像是換了個人。

「噢，噢，我的項鍊！」

她一把抓住項鍊，用雙手抱在胸前。

「在哪兒找到的？」奧帕森先生問。

「在女僕的床和床墊之間。她一定是偷了之後，趕在女服務生進來前將它藏起來。」

「您能讓我看看嗎，夫人？」白羅輕聲問道。

他從她手裡拿過那條項鍊，仔細檢查一遍，然後略一鞠躬，又把它還給奧帕森夫人。

「夫人，恐怕您得把它交給我們一段時間，」那位警官說，「我們要用它作為起訴的證據，不過，我們會盡早歸還給您。」

奧帕森先生皺了皺眉。

「有那個必要嗎？」

「恐怕是的，先生。這是必要程序。」

「噢，讓他拿去吧，愛德！」他的妻子喊道，「如果他拿著，我會感到安全些。想到有人可能還會將它偷走，我連覺都睡不安穩。那個可惡的女孩！我再也不會相信她了。」

「好了，好了，親愛的，別再這麼大驚小怪的了。」

我感到有人輕輕拍了我一下，回頭一看，是白羅。

「我們該走了，我的朋友，我想這兒已經不需要我們了。」

可是到了門外，他就猶豫起來，然後非常出乎我的意料，他竟對我說：「我很想看看隔壁的那間房間。」

門沒有鎖，我們便走了進去。那個房間比奧帕森夫人的臥室大一倍，沒有人住，灰塵落得到處都是。當我這位敏感的朋友用手指在靠近窗戶的桌子上畫了一個四方形的時候，他做了一個很怪的鬼臉。

「我們仍然有必要待在這裡。」他冷靜地觀察著說。

他若有所思地望著窗戶外面，皺著眉頭像是陷入了沉思。

「唉，」我不耐煩地問道，「我們到這兒來幹什麼？」

他開口說道：「請原諒，我親愛的朋友，我是想看看這扇門是否在這邊也被鎖上了。」

「噢。」

我應了一聲，抬眼看了看和隔壁房間連在一起的這扇門，它是鎖著的。

白羅點點頭，好像還在沉思。

「不管怎麼說，」我繼續道，「這有什麼關係呢？這個案子已經結束了，我希望你有更多其他機會來展示你的才華。但是，像眼前的這樁案子，是連那位呆板傲慢的白癡警官也不會搞錯的。」

白羅搖了搖頭。

「案子沒有結束，我的朋友。在我們確定究竟是誰偷了那條項鍊之前，案子還不能說是結束了。」

「可是，是那個女僕幹的！」

「你憑什麼這麼說呢？」

「憑什麼？」我支吾了起來。「項鍊被找到了——如假包換的是在她的床上找到的。」

「好了，好了！」白羅不耐煩地說，「他們找到的並不是那條真的珍珠項鍊。」

「什麼？」

「那是件仿製品，我親愛的朋友。」

他的話嚇得我透不過氣來，白羅依然平靜地微笑著。

「那個好心的警官顯然是對珠寶方面的知識一無所知。但是，眼下就要有一場熱鬧好看的戲了！」

「跟我來！」我抓住他的手叫了一聲。

「去哪兒？」

「我們應該立刻告訴奧帕森夫婦。」

「我不這麼認為。」

「可是那個可憐的女人——」

「天啊，正如你所說，那個可憐的女人如果相信那條珍珠項鍊安然無恙，今天晚上她會過得非常愉快。」

「可是那個偷項鍊的人也可能帶了它逃跑！」

「像平常一樣，我的朋友，你說話總是不加思索。你怎麼知道奧帕森夫人今天晚上稍早鎖在首飾盒裡的那條珍珠項鍊就是真的呢？你又怎麼能知道真正的盜竊不是在更早的時候發生呢？」

「啊！」我迷惑不解了。

「事實一定是這樣。」白羅興奮地說，「我們現在就開始吧。」

他領我走出那房間，然後停下腳步好像在考慮什麼，接著大步朝走廊盡頭走去，來到服務生休息室門外停下來。

裡面各個房間的男女服務生正聚在一起，很明顯，那個女服務生正在和大家講著什麼，好像是在重複她剛才的經歷，其他人都帶著讚賞的表情側耳傾聽。說到一半，她停了下來，因為白羅像往常一樣，禮貌地向她鞠了一躬。

「請原諒我打斷了你的談話，不過，可否請你幫我打開通向奧帕森先生臥室的那扇門，可以嗎？」

那個女人很願意地站起來，我們隨著她又朝走廊這邊走來。奧帕森先生的房間在走廊的另一側，房門與他妻子的臥室相對。那個女服務生用她的備用鑰匙打開房門，我們走了進去。

當她正想離開時，白羅叫住了她。

「請稍等一會兒，你是否見過奧帕森先生有一張這樣的名片？」

他伸出一張白色名片，外觀看起來很刺眼，好像不同尋常，那個女服務生接過來，仔細地看了看。

「不，先生，我沒見過。不過，有位男服務生常來奧帕森先生的房間。」

「我知道了，謝謝您。」

白羅收回名片，那個女人離開了。白羅思考了一會兒，然後，滿意地略微點了點頭。

「請你幫我搖搖那鈴，海斯汀。搖三下，叫那個男服務生上來。」

我遵命照辦，心裡卻充滿了好奇和疑惑。與此同時，白羅迅速將廢紙簍倒在地上，而且很快地將廢紙簍裡面的東西看了一遍。

過了一會兒，男服務生進來了，白羅向他提出了同樣的問題，又將同樣的名片遞給他看，他的回答和那位女服務生一樣，男服務生從來沒有見過奧帕森先生拿出這樣一張特殊的名片。

白羅謝過了他，當他正要離開時，看到地上打翻著的廢紙簍和一些散落在地上的東西，很不高興地將那些垃圾裝進廢紙簍，這期間，不難聽到白羅邊沉思邊隨口講出來的話：「那條項鍊的保險費很高……」

「白羅，」我喊道，「我明白了——」

「你什麼也沒明白，我的朋友，」他很快地說，「像往常一樣，也什麼都沒看到！太令人難以置信了……但事實正是如此。我們回到自己的房間去吧。」

我們沉默不語地走了回去，一到房間，白羅便出人意料地換了套衣服。

「今天晚上我要到倫敦去。」他解釋道，「這件事刻不容緩。」

「什麼？」

「絕對如此，真是膽大妄為。啊，這個小腦袋瓜可真夠聰明的。事實就是這麼回事，我要去查找證據，證實我的想法，我會找到的！想要欺騙赫丘勒．白羅是不可能的。」

「總有一天你會變成一個自命不凡的粗人。」我對他的自負相當反感。

「別生氣，我求求你，我親愛的朋友。我指望你能出於我們的友誼而為我做件事。」

「當然可以。」我急切地說道，對剛才自己的壞脾氣感到難為情。「什麼事？」

「你能幫我刷一刷我剛才脫下的那件衣服的袖子嗎？你看，有些白粉末沾了上去，你應該看到我用手指在那個梳妝台的抽屜上畫了一遍。」

「不，我沒注意到。」

「你應該多注意我的一舉一動嘛，朋友。因此，我的手指上沾了一點兒粉末，出於一時的激動，我將粉末蹭到了衣袖上，做出這麼有失優雅的事，我深感遺憾，這和我一貫謹慎行事的原則相違背。」

「可是那粉末是什麼？」我對白羅所謂的一貫原則並不特別感興趣。

「不是毒藥，」白羅眨了眨眼睛。「我看得出你的想像力又被挑動起來了。我告訴你，它是滑石粉。」

「滑石粉？」

「是的，做家具的人用滑石粉來使抽屜變得光滑順手。」

我笑了起來。

「你這個傢伙！我還以為你想到了什麼至關重要的東西呢。」

「再見，我的朋友。我這是在保護自己，我要走了！」

他帶上門走了。我一半是出於嘲笑，一半是出於朋友情誼，撿起了白羅留下的那件衣服，伸手拿起了衣服刷子。

第二天早上，沒有任何白羅的消息，我就自己出去散步了，遇到了幾個老朋友，並在他們的住處一起用了午餐。

下午，我們一起坐車兜風，由於車胎被劃破，耽擱了一些時間。當我回到飯店時，已經八點多了。

回到房間，第一眼看到的就是白羅，他看上去比以往更加機敏但也更加矮小——他滿面紅光、心滿意足地坐在奧帕森夫婦中間吃三明治。

「我親愛的朋友，海斯汀！」他大聲叫道，站起身來迎接我。「擁抱我吧，我的朋友，調查進行得如此精采漂亮！」

幸運的是，他所謂的擁抱只是象徵性的。

「你的意思是說——」我開口問道。

「精采極了，我是這樣認為！」奧帕森夫人肥胖的臉上堆滿了笑。「我沒對你說過嗎，愛德？如果他不能幫我找回珍珠項鍊，那麼誰也找不到。」

「你說過，我親愛的，你是說過，而且現在證明你是對的。」

我茫然地看著白羅，他解釋道：「我的朋友海斯汀，就像你們英國人常說的那樣，『對一切茫然未知』，請先坐下，我要跟你說明一下整個事情的前因後果，以及它如此美妙的結局。」

「結局？」

「啊，是的，他們被捕了。」

「誰被捕了？」

「那個飯店女服務生和男服務生。當然啦！你沒懷疑到他們嗎？難道看了我用滑石粉做的實驗後，你還沒得到任何提示和啟發嗎？」

「你只說做家具的人用了滑石粉。」

「他們當然用了——為了讓顧客在買家具時抽屜滑動方便，開關起來容易一些。而現在有人想讓抽屜打開關上時不帶任何聲音，誰能做到這點呢？很顯然，只有那個飯店女服務生。這個計畫如此聰明絕頂，它不是一眼就能看穿的——即使是赫丘勒．白羅的眼睛也沒能一眼看穿它。

「聽著，下面就是事情的經過。那個男服務生一直守在與這個門相隔的那個空房間裡，他在等待。等到法國女僕離開這個房間，那個女服務生閃電般地迅速拉開抽屜，取出首飾盒，打開門鎖，將首飾盒從門縫遞過去，那個男服務生用一把複製的鑰匙——這是他早已備好的——從容地打開首飾盒，取出這條珍珠項鍊，然後等待時機。等到女僕又一次離開房間，唰！像一道閃電一樣，首飾盒又被重新遞了回來，放回到抽屜裡。

「等夫人來到時，發現項鍊失竊。那個女服務生就要求搜身，做出清白無辜、堂堂正正的樣子，然後便不受絲毫懷疑地離開了房間。他們自己提前準備好這條仿製的項鍊，在早上就被那個女服務生藏到了法國女僕的床下——天衣無縫，精采絕倫，哈！」

「那你去倫敦幹什麼？」

「你還記得那張名片嗎？」

「當然記得，它使我迷惑不解，現在仍然搞不清楚。我還認為——」

我遲疑不決，看了奧帕森先生一眼。

白羅開心地笑了起來。

「開個玩笑！這都是為了調查那個男服務生。那張名片是精心設計的，它的表面經過特殊處理，為的是取指紋。我趕到蘇格蘭警場，請我們的老朋友傑派警官幫忙。我將事情的經過講給他聽。正像我懷疑的那樣，結果這些指紋正是兩個早已受到通緝的珠寶大盜的指紋。傑派和我一起到這裡，兩個竊賊同時被捕了。那條項鍊在那個男服務生的衣服中找到了。很聰明的一對，但是他們因為在執行的細節上疏忽而失敗了。我告訴過你沒有，至少有三十六個地方出了漏洞，如果不講究細節操作——」

「三萬六千個地方上出了漏洞也沒關係！」我打斷他說，「可是，他們在哪些細節上出了漏洞？」

「我親愛的朋友，做個飯店女服務生或男服務生是個很好的計畫——但是不可以逃避自己的工作責任，他們留了一間空房沒打掃，因此，當那男服務生把首飾盒放在靠近那扇門的那張小桌子上時，首飾盒就在桌面上留下了一個方方正正的痕跡。」

「我想起來了！」我叫道。

「在此之前，我還想不通，然後……我就恍然大悟了！」

接下來的是一段沉默。

「我找回了我的珍珠項鍊。」奧帕森夫人唱歌一樣地說。

「好，」我說，「我最好去吃點東西。」

白羅陪著我。

「這是一項極大的榮譽。」我說。

「無所謂，」白羅回答說，「傑派和那位警官分享了這項榮譽。不過——」他拍了拍他的口袋。「我從奧帕森先生那裡得到了這張支票。你怎麼說，我的朋友？這個週末我們沒有好好度假，下個週末我們再來一次怎麼樣——下次由我來付帳。」

08

首相綁架案

Poirot Investigates

既然戰爭和戰事都已成為過去的事情，我認為我現在可以無須擔心，向世人透露一下我的朋友白羅在國家出現危機時所發揮的重要作用。這件事一直被當作機密，沒有向新聞界透露過隻言片語。但是，既然需要保密的時代已經過去，我覺得它應該被公之於世，讓全英國的人都知道我這位風趣、古怪的矮個子朋友，對英國做出的重要貢獻。他的過人才智使英國避免了一場重大的災難。

有天晚餐過後——我不指明具體的日期，只說那時英國的敵人正在鸚鵡學舌般地喊叫締結和約，就足以使大家明白了——我和我的朋友正在他的房間裡坐著聊天。從軍隊退役之後，我有了一項新工作。每天晚飯之後，我便到白羅這裡來，和他談談他手邊遇到的離奇怪案，這已經成了我的一個習慣。

那天，我正和他討論到人們議論紛紛的那個敏感話題——謀刺英國首相戴維・麥克亞當先生未遂的暗殺行動。報紙上披露出來的那條消息，很顯然是經過了國家有關部門的嚴格審查，裡面沒有報導任何細節，只說首相幸運地安然脫險，子彈只是輕輕擦過了他的面頰。

我認為我們的警察應該感到羞恥，竟然如此粗心大意，使這樣的一件陰謀在我們國家幾近得逞。我也很能理解暗藏在英國的德國間諜，會不惜代價冒險採取這樣一次行動。正像首相的同事們給首相起的綽號那樣，「鬥士麥克」向當時盲目接受所謂和平妥協的那股勢力，進行了毫不留情的抗爭。

他不僅僅是英國首相，他本人簡直就代表著英國的形象；如果沒有他的力量和領導，就會使英國陷入癱瘓狀態而受到毀滅性的打擊。

白羅正忙於用一塊海綿擦拭一件灰色套裝；我從來也沒見過像赫丘勒・白羅這樣衣著講究的人，整潔和秩序是他的特殊嗜好。現在，屋裡到處充斥著苯的氣味，他很難和我全神貫注地談話。

「再過一會兒，我就可以和你好好聊一聊了，我的朋友，我馬上就要弄完了。這一小塊油汙，它太讓人討厭了，我要除掉它……好了！」

他揮了揮手上的海綿。

我又點上了一支菸，笑了。

「最近有什麼新鮮事嗎？」過了一兩分鐘，我問他。

「我幫了一位——該怎樣稱呼這種人呢——『清潔女工』找到了她的丈夫。這是非常棘手的一件事，很需要動些腦筋，因為我有個想法，就是當他被找到的時候他會不高興。你會怎麼想？就我來說，我很同情他；他是一個有辨別能力的人，他不願失去他的獨立性。」

我笑了起來。

「好了！這塊油汙終於去掉了！現在，我全聽候你的差遣。」

「我剛才問你，你對企圖謀殺麥克亞當有什麼看法？」

「簡直是小孩的把戲！」白羅迅速說道，「我根本沒把它當成一件嚴肅的問題。用來福槍暗殺從來也不會成功。那是一種陳舊落伍的武器。」

「這次幾乎就要成功了。」我提醒他。

白羅不耐煩地搖了搖頭，當他正準備申辯時，房東太太探頭進來，通知他樓下有兩位先生急於要見他。

「他們不肯說出他們的名字，先生，但他們說事情非常重要。」

「讓他們上來吧。」

白羅說著，仔細地將他的灰褲子疊了起來。

幾分鐘後，兩位來訪者被領進了房間。

一見到他們，我的心就猛地劇烈跳起來。來的原來是兩位國家要人，一位是埃斯泰爾勳爵，眾議院領袖；他的同伴伯納德・道奇先生是陸軍部的要員，據我所知，他是首相的一位密友。

「你是白羅先生嗎？」埃斯泰爾勳爵有些懷疑地問。

我的朋友略一躬身。

這位大人物看了看我，有點猶豫地說：「我的事情很機密。」

「當著海斯汀上尉的面，您可以無拘無束地談。」我的朋友說著，向我點頭示意，讓我留下來。「他的確是不夠絕頂聰明，是的！但是，對於他的謹慎和守口如瓶，我可以保證。」

埃斯泰爾勳爵還在猶豫，道奇先生卻突如其來地插話道：「噢，那就快說吧，別繞圈子了！目前，在我看來，很快整個英國都會知道我們陷入困境；時間就是一切。」

「請先坐下，先生，」白羅彬彬有禮地說，「您來坐這把大椅子好嗎，勳爵大人？」

埃斯泰爾勳爵有些吃驚地問：「您認識我？」

白羅微笑著說：「當然認識。我每天讀報紙，又怎麼會不認識您呢？」

「白羅先生，我是因為一件十萬火急的事情來這裡請您幫忙，我必須要求你們絕對保守祕密。」

「您已經聽赫丘勒・白羅說過了，我無須重複！」我的朋友趾高氣揚地答道。

「這件事與首相有關。我們正處於極度的困境之中。」

「我們幾乎無路可走了！」道奇先生插話道。

「那麼說他傷勢很重了？」我問。

「什麼傷勢？」

「槍傷呀。」

「噢，那事。」道奇先生用不值一提的口吻說，「那都過去了。」

「正如我的同事所言，」埃斯泰爾勳爵接著道，「那已經過去了，幸運的是，子彈打偏了。我希望那第二次嘗試，也能以『幸運』收場。」

「那麼說又有了一次？」

「是的。雖然不是同樣的性質，白羅先生，這次的情況是首相失蹤了。」

「什麼？」

「他被綁架了！」

「這不可能！」我呆頭呆腦地喊起來。

白羅向我投來目光，要我明白現在我最好閉嘴。

「不幸的是，表面上看來似乎不可能的事情，卻成了事實。」動爵說。

白羅又看了看道奇先生。

「剛才您說過，先生，時間就是一切，這話是什麼意思？」

他們倆交換了一下眼神，然後埃斯泰爾先生說：「白羅先生，您一定已經聽說了，盟軍會議即將舉行。」

我的朋友點了點頭。

「由於眾所周知的原因，會議的時間地點沒有向外透露。但是，儘管對報界保密，但在外交圈內已是人人皆知的了：會議將在明天，也就是星期四晚上在凡爾賽舉行。現在你可以明白我們所面臨的嚴峻局勢了，我也不向您隱瞞首相與會是多麼的至關重要。目前，德國間諜鼓吹、煽動起來的所謂『和平不抵抗』思想已經十分活躍。大家一致認為，首相旗幟鮮明的立場和堅定的個性，將會給會議帶來轉機，他的缺席可能會導致極為嚴重的後果——很可能是不合時機且具災難性的『暫時和平』。我們目前找不到一個可以代替他的人，只有他才能夠代表英國。」

白羅的臉色變得嚴肅起來。

「那麼說，您認為綁架首相的最大意圖，是想阻止他出席會議嗎？」

「我是這樣認為的。事實上，他那時正在前往法國的途中。」

「會議一定要召開嗎？」

「會議的召開時間就是明天晚上九點整。」

白羅從口袋裡掏出他那只大懷錶。

「現在是八點四十五分。」

「還有二十四小時。」道奇先生想了想說。

「二十四小時零十五分，」白羅糾正著說道，「不要忘了那一刻鐘，先生，它可能會很有用處。現在，請講述一下綁架事件的詳細情況。它是發生在英國，還是發生在法國？」

「是在法國。麥克亞當先生今天早上到了法國，今天晚上，他應該接受總司令的招待，留在那裡，準備明天再動身去巴黎。他是乘坐驅逐艦被護送過英吉利海峽的。空軍總司令部派了一輛車在布倫迎接他。他們是離開了布倫，可是根本沒有抵達他們應該到的地方。」

「什麼？」

「白羅先生，那是一輛冒名頂替的車，真正的車在一條小路上被發現了，司機和空軍司令部的那位軍官被堵著嘴綁在座位上。」

「那冒名頂替的車呢？」

「現在仍然逍遙法外。」

白羅做了個不耐煩的手勢。

「令人難以置信！它必定無法長時間地逃匿在外。」

「我們也這樣認為，這看起來需要進行徹底的搜索。法國方面已經處於軍事戒備狀態了。我們有理由相信，那輛車不會被藏匿很久，法國警方和我們蘇格蘭警場的人，還有部隊，都在嚴密搜索。就像您說的那樣，這事真是令人難以置信，然而，到目前為止，還沒有發現任何線索。」

這時有人敲門，一名年輕軍官手裡拿著一封厚厚的、密封得很扎實的信走了進來，他將那封信交給埃斯泰爾勳爵。

「剛剛從法國寄來的，按照您的吩咐，我給您送來了。」

大臣迫不及待地將信撕開，對那軍官低聲說了幾句，軍官便離開了房間。

「這是最新消息！這份電報剛被譯出來，他們找到了第二輛車，還有那位祕書丹尼爾，他被施注麻醉劑，堵著嘴巴，捆著手腳扔在一個被遺棄的農場上。他什麼也記不清，只記得嘴和鼻子被人從背後蒙上了，他曾掙扎著想解脫出來，但並未成功。警察相信了他所講述的經過。」

「他們沒有發現別的東西嗎？」

「沒有。」

「也沒發現首相的屍體嗎？那麼，還有希望。但這事很奇怪，為什麼他們要在早上企圖槍殺他之後，又大費周章地讓他活下來？這究竟是為什麼呢？」

道奇搖了搖頭。

「只有一件事是確定的，他們決心不惜一切代價來阻止他出席會議。」

「只要還有一線希望，首相就會按時出席。但願上帝保佑，不要為時太晚。現在，先生們，請給我從頭至尾仔細地講一下整個事情的經過，我還必須了解今天早上發生的這起槍擊事件。」

「昨天晚上，首相在他的一位祕書丹尼爾上尉的陪同下——」

「丹尼爾上尉就是陪他去法國的那個祕書嗎？」

「是的，就像我說的那樣，他們乘車到溫莎。在那裡，首相有一個已安排好的約會。今天上午稍早，他在從溫莎返回城裡的路上，發生了那起未遂的槍殺事件。」

「請您稍等一下，這位丹尼爾上尉的情況您了解嗎？您有他的資料嗎？」

埃斯泰爾勳爵笑了笑。

「我想您會問到這個問題。我們對他了解不多，他的家庭背景並無特殊之處，他在英國軍隊供職，是個十分能幹的祕書。在語言方面，尤其富於天賦，我相信他能講七種語言，正是由於這個原因，首相才選中他，由他陪同，一起去法國。」

「他在英國有什麼親戚嗎？」

「有兩個姑姑。一位是艾拉德夫人，她住在漢普斯特；一位是丹尼爾小姐，她住在阿斯科特附近。」

「阿斯科特？是不是靠近溫莎？」

「是的。我們並沒有忽略掉那個地方，但什麼也沒發現。」

「那麼您認為丹尼爾上尉最有嫌疑了？」

埃斯泰爾勳爵的聲音裡有一種難言的悲苦，他回答道：「白羅先生，在目前的情況下，要我說排除任何嫌疑的話，我都會猶豫。」

「好了。現在我明白了，先生。按照慣例，首相一定會處於警察的嚴密保護之中，這應該使他能夠避免任何不測，對吧？」

埃斯泰爾勳爵點了點頭。

「按道理應該是這樣。首相的車在前面行駛，一輛滿載便衣警察的車緊隨其後進行保護。麥克亞當先生對此並無察覺。由於他的性格，他是個無所畏懼的人，如果他知道有警察跟著他，他會毫不客氣地請他們離開。但是，警察自然會按照他們自己的安排行事。事實上，首相的司機歐莫菲就是刑事調查部的成員。」

「歐莫菲？這是個愛爾蘭人的名字，對吧？」

「是的，他是個愛爾蘭人。」

「他出生在愛爾蘭的什麼地方？」

「克萊爾郡，我想是那裡。」

「噢，請繼續講下去，大人。」

「首相的車向倫敦方向行駛，門窗緊閉，他和丹尼爾上尉坐在裡面；第二輛車像往常那樣緊跟在後面。但不幸的是，首相的車在路上無緣無故地偏離了公路。」

「是在一個公路的轉彎處嗎？」白羅插話說。

「是的，可是您怎麼知道的？」

「噢，很顯然該是這樣。請繼續講下去！」

「不知道什麼原因，首相的車離開了公路，」埃斯泰爾勳爵接著說，「警察的車不知道前面轉彎了，繼續沿著公路向前開。首相的車沿著小路沒走多遠，突然被一夥蒙面人圍住了。那位司機——」

「就是那個勇敢的歐莫菲！」白羅沉思著說。

「那位司機急忙踩了煞車。首相將頭伸出了窗外，立刻有顆子彈射了過來，然後又射來一顆。第一顆子彈擦傷了他的面頰，第二顆打偏了。司機此時已意識到他處於危險之中，便緊踩油門往前衝去，將那夥人衝散。」

「虎口餘生啊！」我在一旁緊張地說了一句。

「麥克亞當先生對自己所受的輕傷拒絕張揚，他堅持說那只是劃破了點皮，他們將車停到當地的一家小醫院，在那裡進行包紮——他當然沒有暴露他的身分。然後，又按照行程的安排，驅車直奔卡萊科洛斯。在那裡，有專車在等著他，以便駛往丹佛。丹尼爾上尉向焦急的警察描述了發生的事情之後，按照既定的安排，他們乘專車前往丹佛。在丹佛，他們登上了等候在那裡的驅逐艦。在布倫，就像你知道的那樣，那輛冒名頂替的汽車上插著英國國旗正等著他，所有一切都偽裝得天衣無縫。」

「這就是您能告訴我的所有情況嗎？」

「是的。」

「您確定沒有任何遺漏之處嗎，先生？」

「噢，有一件很特殊的事情。」

「是嗎？」

「首相的車，在卡萊科洛斯將首相送走之後，並沒有返回倫敦，警察急著要找到歐莫菲，於是立即進行了搜索。最後，車被發現停在索霍區一家聲名狼藉的小餐館外面，那個小餐館是眾所周知德國間諜的祕密聚會場所。」

「那個司機呢？」

「哪裡也找不到他。他也失蹤了。」

「這麼說，」白羅沉吟著說道，「總共有兩起失蹤案，首相在法國被人綁架，歐莫菲在倫敦失蹤。」

他目光銳利地看著埃斯泰爾動爵那十分無奈的臉。

「我只能告訴您，白羅先生，如果昨天有人對我說歐莫菲是個叛徒，那會笑掉我的大牙，可是今天我不知該如何看待這件事。」

白羅嚴肅地點了點頭，他又看了看他的大懷錶。

「我的理解是，我對此事可以全權處理，對吧？先生們，我必須有完全的自由去我想去的地方，按照我自己的方式來調查。」

「完全正確，一個小時後，有一輛開往丹佛的專車，還有蘇格蘭警場的人、一位司令部的軍官，以及一位刑事調查部的成員將陪您同往。他們會完全按照您的吩咐行事，您對此還滿意嗎？」

「非常滿意。在你們離開之前，請允許我再問一個問題，先生們，你們為什麼要來找我？在偌大一個倫敦，我可說是沒沒無聞，鮮為人知啊。」

「我們來找您，是因為貴國一個相當偉大的人物特別推薦。」

「您是說我的老朋友皮裴特——」

埃斯泰爾勳爵搖了搖頭。

「比您那位上司老朋友皮裴特的地位要高得多。他的話是比利時的法律——將來還會是的！英國發誓會幫助他！」

白羅的手飛快地舉起來，誇張地做了一個敬禮動作。

「但願如此！我的主人並沒忘記……先生們，我，赫丘勒．白羅，將全心全意地為你們效力。願上帝保佑，讓一切還能來得及。不過，這裡有些疑點，我還是搞不清楚。」

「好了，白羅，」當兩位大臣走出去，我關上門後，便不耐煩地對白羅叫道，「你對此事究竟是怎麼想的？」

我的朋友正忙著收拾旅行袋，動作迅速而敏捷。他沉思地搖了搖頭。

「我不知道該怎麼想，我的大腦現在不靈光了。」

「為什麼還要綁架他呢？你不是說，只要在他頭上來一槍就能解決問題了嗎？」我急切地問道。

「請原諒，我的朋友，我可不是那個意思。毫無疑問，他們的目的並不僅僅是要綁架他。」

「為什麼呢？」

「因為不確定的消息會製造混亂，這是一個原因。如果首相死了，那將會是一場可怕的災難，可是，人們還是會正視這種災難。但現在，一切都陷入了癱瘓狀態，人們對前途感到難以捉摸。首相會重新出現呢，還是就此消失？他是死了還是活著？沒人知道。在他們弄清事情的真相之前，什麼事也做不了。而且，正像我告訴你的那樣，不確定的消息使人產生恐懼，那才是他們想製造出來的效果。然後，如果綁架者把他祕密地關押起來，他們就處於非常有利的地位，能和兩方都談條件。德國政府不會那麼輕易付錢。但是，毫無疑問，在這種情況下，那些綁架者會迫使他們開出支票。最後一個原因是，他們這麼做所冒的風險也不會使他們被處死。啊，他們所犯的只是綁架罪。」

「那麼，如果事情真是這樣，他們為什麼先前試圖開槍打死他呢？」

白羅露出了生氣的神情。

「啊，這正是我難以理解的地方！這很令人費解，簡直是愚蠢透頂！他們為綁架做好了一切安排——安排得天衣無縫——然而他們又製造戲劇性的槍擊事件，敗壞整個計畫。這簡直就像一部刻意編造的電影，毫無真實感。一夥蒙面人在離倫敦不到二十英里的地方開槍襲擊首相——真像天方夜譚一般！」

「也許他們是兩個完全獨立的團體，彼此各做各的事？」我這麼說。

「噢，不，不可能有這麼巧合的事！那麼下一個問題就是：誰是這個案件中的叛徒呢？無論如何，這其中一定有叛徒。但那會是誰呢？是丹尼爾，還是歐莫菲？必定是他們兩人之中一個，否則的話，首相的車是不會突然偏離公路的！我們不可能設想首相本人要對這件事負責。是歐莫菲自己轉動了方向盤，還是丹尼爾強迫他做的？」

「一定是歐莫菲自己。」

「是的。因為，如果是丹尼爾命令歐莫菲做的話，首相一定會聽到。他會問丹尼爾為什麼要這樣做。在這件案子中，綜合所有情況，有太多的『為什麼』，它們相互矛盾。如果歐莫菲是個誠實可靠的人，為什麼他要將車開離公路？但如果他不可靠，他為什麼又重新發動汽車，而當時的情況是已經射出了兩發子彈——他這麼做，事實上等於救了首相的性命。另外，如果他可靠的話，為什麼在離開卡萊科洛斯後，立刻又把車開到了德國間諜聚會的場所呢？」

「這確實是一團糟。」我說。

「讓我們把事情理出個頭緒。我們對這兩個人的信任和懷疑的地方都在哪裡？首先判斷一下歐莫菲：他值得懷疑的地方是他開車離開公路，他出生於克萊爾郡，是個愛爾蘭人，他失蹤的方式很令人懷疑；他值得信賴的地方是，他迅速地再次發動汽車，挽救了首相的生命，他是位蘇格蘭警場的警員。而且，很顯然他是肩負上司的特殊使命，才被安排去擔任首相的司機，他是個很受信任的警員。然後，我們再來看看丹尼爾的情況：他令人懷疑的地方並不多，只有兩個事實。一個是對他的家族歷史和家庭背景，我們一無所知，對他以前的經歷也一無所知；再者，他是一個不錯的英國人，他會講的語言太多了！請原諒我，我的朋友，就語言來說，你的知識遠遠不夠！現在，讓我們看一下對他有利的事實。我們掌握的情況是，當他們找到他時，他被施以麻醉劑，堵上了嘴巴，捆住了手腳——這樣看來，他似乎很難和此事有什麼瓜葛。」

「也許是他自己將嘴巴堵上，然後又將自己捆了起來，以逃避嫌疑。」

白羅搖了搖頭。

「法國警察在這種事情上是不會出問題的。另外，他一旦實現了他的目的，首相被安全地綁架之後，他再留在那裡沒有多大用處。當然，他的同夥有可能會給他施注麻醉劑並堵上嘴，但我看不出他們這樣做的意圖是什麼。首相被綁架之後，他對他們來說就沒有什麼用處了。因為他在首相失蹤的案件被調查清楚之前，一定會受到嚴密的監視。」

「也許他是希望給警察製造一個假象。」

「那他為什麼不早點這樣做呢？他只是說有東西壓住了他的鼻子和嘴巴，然後，便失去了知覺。他沒有製造什麼假象，這聽起來很符合事實。」

「啊，」我看了一眼時鐘說，「我想我們最好馬上動身去車站。在法國，你可能會找到更多線索。」

「可能吧，我親愛的朋友，但我有些懷疑，對我來說，在那個可疑的地區，至今沒有發現首相是很難令人相信，要把他藏匿起來可不是件容易的事，可以說是困難重重。如果兩個國家的軍隊和警察都找不到他，我又怎麼能找到他呢？」

到了卡萊科洛斯，我們又見到了道奇先生。

「這位是巴恩斯偵探，蘇格蘭警場來的；這位是羅曼少校，他們倆完全由您來指揮。祝您好運。這件事很棘手，但我還沒有放棄希望。現在必須出發了。」

說完，那位大臣疾步走開了。

我們和羅曼少校隨便寒暄了幾句。

在月台上的一小圈人中間，我認出了一個矮個子正在和一位高大英俊的男人談話，那人就是白羅的老朋友傑派警官，他被公認為是蘇格蘭警場裡最聰明、最優秀的警官之一。

他走過來，熱情地問候我的朋友。

「我聽說你也參與了這項非常棘手的工作。到目前為止，他們還很能保密，但我不相信他們能將首相藏得太久。我們的人正準備在法國境內實施一次嚴密的搜索行動，法國警方也是。現在，我認為找到首相只是時間早晚的問題。」

「應該如此，如果他還活著的話。」那位高個子偵探巴恩斯陰沉著臉說。

傑派的臉也沉了下來。

「是的。但是不知怎麼回事，我總覺得首相還活著，而且安然無恙。」

白羅點點頭。

「是的，是的，他還活著。但怎樣才能及時找到他呢？我，和你一樣，也不相信他能被藏得很久。」

哨聲響了，我們排隊上了火車。然後，拖著一陣緩慢而不情願的汽笛聲，火車開動了。

那是一次奇特的旅行。蘇格蘭警場的人圍在一起，將法國北部的各種地圖放在面前，手指急切地對著上面星羅棋布的村莊和密密麻麻的公路指指點點，每個人都有自己的理由和看法。

白羅這次一點也不像以往那樣能言善辯，他只是靜靜地端坐在那裡，雙眼凝視著前方，臉上的表情像個茫然不知所措的孩子。我和羅曼談了一會兒，發現他很健談。到達丹佛時，白羅的行為引起我極大的興趣，當這個矮個子登上船的甲板時，兩隻手臂緊緊地抱著我的肩膀。海風吹得正急。

「天啊，」白羅喃喃低語道，「這真可怕。」

「振作起來，白羅，」我叫道，「你會成功的，你會找到他，對此我深信不疑。」

「啊，我親愛的朋友，你誤解我的意思了，是這可惡的海！暈船呀，這是多麼深刻的痛苦啊。」

「噢！」

我很窘迫。

聽到了發動機的第一聲震動，白羅呻吟著，緊緊閉上了眼睛。

「如果你要看的話，羅曼少校那兒有張法國北部的地圖。」

白羅不耐煩地搖了搖頭。

「不，不！讓我安靜一下，我的朋友。看看你，再想想我，你的胃和大腦一定非常協調、一致。雷沃格有一套對付暈船的辦法，就像這樣，慢慢地、深深地吸氣、呼氣，慢慢將頭從左邊轉到右邊，在兩次呼吸之間數六下。」

我離開他上了甲板，讓他獨自做暈船操。

當船慢慢駛入布倫港的時候，白羅又出現了，衣著整潔，面帶微笑，向我低聲宣布雷沃格的那套暈船操效果驚人，非常成功。

傑派的食指還在地圖上搜索著那些路線。

「真荒唐！首相的汽車從布倫駛出，在這裡，他們分開了。現在，依我看來，他們把首相裝入了另外一輛車，明白了嗎？」

「噢，」那位高個子警官答道，「我堅持繼續嚴密監視各個港岸，十有八九是他們將他綁架到一艘船上。」

傑派搖了搖頭，說：「這樣做太顯眼了，何況當時已有立即封鎖港岸的命令。」

當我們上岸時，天剛破曉。羅曼少校扶住白羅的肩膀。

「這兒有輛軍車正等候您的吩咐，先生。」

「謝謝您，先生，不過，我現在還不打算離開布倫。」

「什麼？」

「是的，我們要住到這家靠近碼頭的旅館裡。」

他真的說做就做，在那家旅館裡訂了一個房間。我們三個人跟在他後面，對他此舉迷惑不解。

他飛快地看了我們一眼。

「這樣不符合一個好偵探的做法，是不是？我知道你們是這樣想的。一個好偵探應該充滿活力，他應該跑前跑後；應該在瀰漫著塵土的公路上把自己折騰得精疲力竭，用放大鏡搜索每一點可疑的痕跡，追蹤汽車輪胎的印痕；他應該搜集被扔掉的菸頭和用過的火柴……對吧？這就是你們的想法，是不是？」

他挑釁地看著我們說：「但是我赫丘勒．白羅就要告訴你們，一個好偵探是不這麼做的！真正的線索應該在裡面——這兒！」他拍拍前額。「明白嗎？我根本就不必離開倫敦，對我來說，安安靜靜地坐在我的房間裡就夠了，所有的問題都在這個小小的大腦裡面，它們悄悄地、神祕地執行著自己的任務，然後我會突然叫人拿來一張地圖，用我的手指定在一個地點——像這樣，我說：『首相就在那裡！』透過演繹、推理和邏輯分析，一個人可以完成任何事情！這次緊張忙亂地一頭栽到法國來是個錯誤，簡直就像是小孩在玩捉迷藏，但是現在，雖然可能為時過晚，我還是要立刻著手按照正確的途徑開始工作。從大腦裡面做起。安靜下來，我的朋友們，求求你們。」

整整長達五個小時，這個小個子坐在那裡一動也不動，瞪著的眼睛像貓眼一樣不停眨著，他的綠眼睛變得愈來愈綠。

蘇格蘭警場的警官顯然對此嗤之以鼻，羅曼少校也覺得乏味而顯得不耐煩，我也發現時間冗長得令人厭倦。

最後，我站起身，盡可能悄無聲息地踱步來到窗前。

一場鬧劇正在上演，我暗暗替我的朋友擔心，如果他失敗了，我倒希望他別失敗得這樣令人可笑。透過窗戶，我看到外面每天都要離岸的船隻向外噴吐著濃濃的煙霧，慢慢駛離港口。

突然，我被白羅的聲音打斷了。

「朋友們，我們出發！」

我轉過身來，發現我的朋友容光煥發，他的眼睛激動地閃著光，胸膛劇烈地起伏著。

「我一直都像是個瞎子，我的朋友們，不過現在，我終於看到了光明。」

羅曼少校急忙向門口走去。

「我來叫車。」

「不需要，用不著。感謝上帝，風總算是停了。」

「你是說您要步行嗎，先生？」

「不，年輕的朋友，我可不是聖彼得。我比較喜歡坐船渡海。」

「要渡過海去？」

「是的，要找出條理，就必須從頭開始。這件事情的開頭是發生在英國，所以，我們要返回英國。」

三點的時候，我們重新回到了卡萊科洛斯碼頭。不顧我們所有人的勸告，白羅一再反覆重申從頭開始不是浪費時間，而是唯一且正確的途徑。在路上，他就和羅曼一直在低聲交換意見，羅曼迅速處理了許多從丹佛發來的電報。由於羅曼為我們辦理的特許通行證，我們在最短的時間內經過了許多地方。在倫敦，一輛警車正等著我們，裡面坐著便衣警察，其中一個將一份列印好的名單遞給了我的朋友。看到我詢問的目光，他解釋道：「這是倫敦西部一定範圍內所有地方醫院的名單，我是從丹佛發電報讓他們為我準備的。」

我們急速地穿過倫敦的大街小巷，來到了巴斯公路上。一路上，我們經過了很多小市鎮，我漸漸意識到了我們的目的地。我們穿過溫莎一直向前走，最後到了阿斯科特。我的心猛地一跳，阿斯科特就是丹尼爾的姑姑居住的地方。我們現在追蹤的是丹尼爾，而不是歐莫菲。

我們的車在一幢整齊的小別墅前面停住了。白羅跳下車，按響了門鈴，我看到他為難地皺著眉頭，臉上也顯得愁容滿面，很明顯，他自己也不甚滿意。有人出來開門，他被領了進去。

不一會兒，他又出來了，迅速鑽進車裡，用力地搖著頭。

我的希望開始退去。現在已經過了四點，即使是他發現了確鑿的證據，對丹尼爾提出指控，那又有什麼用呢？除非他能讓什麼人說出他們在法國扣押首相的確切地點。

我們返回倫敦的路上不斷地停車，我們不止一次地從大路上轉彎，時不時在一些小建築物前停下。我一下便認出我們所停下的地方都是些地方醫院，白羅在每個醫院裡只花了幾分鐘，但是每停一次，他的亢奮情緒就增加一分。

他對羅曼低聲說了幾句什麼，羅曼回答道：「是的，如果我們向左掉轉車頭，就會發現他們正在橋邊等候。」

我們上了左邊的一條小路，透過車燈，我辨認出有輛車正等候在路的一旁，上面有兩個穿便服的人。

白羅走下車，和他們說了幾句話，然後我們又掉轉車頭向北行駛，那輛車緊緊跟在我們後面。

我們行駛了一段時間，目標也愈來愈明確，就是倫敦北部郊區的什麼地方。最後，我們來到一幢很高的房子面前，那座高大的建築位於距公路不遠的地方。

我和羅曼留在車裡，白羅和另外一名警官下了車，來到門前按響了門鈴。一個衣著整潔的女僕開了門。那位警察說話了。

「我們是警察，我們奉命搜查這幢房子。」

那個女孩尖叫了一聲，一個個子高高的漂亮中年婦女從她身後走了出來。

「關上門，艾蒂絲，我看他們像是要搶劫的歹徒。」

但是白羅迅速將他的腳踏進門裡，與此同時吹了聲口哨，其他警察立刻蜂擁進那所宅院，並將門緊緊封鎖住。

我和羅曼大約等了有五分鐘，正詛咒他們不讓我們參加行動，這時，門重新被打開，進去的人都出來了，還押著三個俘虜——一個女人和兩個男人。

那個女人和其中一個男人被帶到了後面的車上；另外一個人被白羅親自押著，上了我們的車。

「我們必須和其他人一起走，我的朋友。不過，一定要特別照顧這位先生。你不認識他，對吧？好了，讓我來為你做個介紹，這位是歐莫菲先生！」

歐莫菲！我們的車重新啟動的時候，我驚奇地張大嘴巴，瞪著他看，他並未戴手銬，但是我知道他不會試圖逃跑，他坐在那裡，眼睛盯著前方，好像是茫然不知所措。不管怎樣，我和羅曼對付他還是綽綽有餘。

令我覺得奇怪的是，我們還是一直保持向北行駛，這麼說，我們不是要返回倫敦了！我更加迷惑不解。突然，車放慢了速度，我認出來了，我們已經接近了漢頓哈雷德。我立刻猜到了白羅的想法，他想搭乘飛機去法國。

這倒不失為一個高妙的主意。只是從事實上看，這並不實用，發封電報會比我們親自去快得多，時間就是一切。他應該把營救首相的光榮留一點給別人分享。

當車停下來時，羅曼少校跳下車，一個便衣警察坐到了他的位子上，和白羅交談了幾分鐘，然後立即離開了。

我也下了車，抓住了白羅的手。

「我祝賀你，老朋友！他們給你講了首相的藏身之處吧？但是，你看，你應該立刻向法國方面發電報。如果你親自去的話，那就為時過晚了。」

他莫名其妙地看了我一兩分鐘。

「不幸的是，我的朋友，有些事情是不能用發電報來做的。」

我們正在說話的時候，羅曼少校回來了，他身旁還跟著一位身著空軍制服的軍官。

「這是雷爾上尉，他將護送您飛往法國，你們將立刻起飛。」

「請您穿暖一點，先生，」那位年輕的飛行員說，「如果您不介意，我可以借給您一件大衣。」

白羅看了看他那只大懷錶，喃喃自語地說：「是的，還有時間……時間還來得及。」然後，他抬頭對那位年輕軍官禮貌地一躬身。「我謝謝您，先生。不過，要坐您飛機的人不是我，而是這位先生。」

他說話的時候，朝旁邊挪了一步，一個黑影從黑暗中走過來。來人原來是被帶到另一輛車上的男俘虜。當燈光照到他臉上的時候，我不禁大吃一驚。

原來他就是首相！

§

「看在上帝的份上，請將事情的來龍去脈告訴我吧。」當然，白羅和羅曼驅車返回倫敦時，我終於耐不住，請求白羅道，「你究竟是怎樣將他偷偷帶回英國的？」

「沒有必要偷偷帶他回來，」白羅毫無表情地回答，「首相從未真正離開英國。他是在從溫莎到倫敦去的路上被人綁架的。」

「什麼？」

「我會給你講清楚這一切。首相坐在他的車裡，他的祕書坐在他身旁，突然，一塊浸了麻醉藥的布蓋到他臉上——」

「可是，這是誰幹的呢？」

「是那位聰明的語言專家丹尼爾上尉。首相一失去知覺，丹尼爾立刻抓起話筒，命令歐莫菲掉轉車頭，向右開去。司機毫無覺察、也沒有懷疑所發生的事情，就照辦了。沿著那條車輛稀少的路走了幾十碼遠，就有一輛大轎車停在前面。很顯然，那車是拋錨了。大車的司機揮手示意歐莫菲停車，歐莫菲便減慢車速。那個陌生人就走上前，歐莫菲將頭露出窗外，這時，很可能就是瞬間發生的動作，麻醉藥的把戲又重複了一次。幾秒鐘內，兩個昏迷不醒的人被拖出車外，送進了停在旁邊的那輛大轎車上。兩個替身坐在他們的位子上。」

「這不可能！」

「你難道沒看過唯妙唯肖的模仿名人表演嗎？要模仿一位大家都認識的名人是再容易不過的事了。扮演英國的首相，總要比扮演別的什麼人都要容易得多。至於說歐莫菲的替身，在首相失蹤以前，沒有人會去特別注意他。在首相失蹤之後，他就會將自己藏起來不再露面，他驅車離開卡萊科洛斯，到他朋友們聚會的地方去。他進去的時候是歐莫菲，出來時就變成了另外一個截然不同的人，歐莫菲已經失蹤了，他在身後留下了相當能引人懷疑的種種跡象。」

「但是那個假扮首相的人被很多人看到過！」

「他並沒有被那些熟悉和接近他的人看到過。丹尼爾盡可能地保護著他，使他不和人們直接接觸。另外，他的臉被繃帶紮了起來，他的舉止行為若有任何異常之處，都可以解釋為他遭到了暗殺襲擊。麥克亞當先生喉嚨一直不好，在發表重要演講之前，他總是盡量少用嗓子。這種欺騙很容易維持下去。但到了法國，要想這樣做就既不可能，也沒必要。於是，首相就在那裡失蹤了，而貴國的警察都匆忙越過英吉利海峽去法國尋找，沒人回頭仔細想一想第一次『槍擊未遂』事件中的所有細節，因而，製造一件發生在法國的綁架案，以及丹尼爾被人用麻醉藥巾捂住嘴的說法，就很容易讓人相信了。」

「那位扮演首相的人呢？」

「他和那個假冒的司機可能會被視為嫌疑犯被捕，但是他卸除了扮演的假形象，恢復自己本來的面目之後，沒人會懷疑到他們真正的角色——作夢都想不到。最後，他們會因缺少證據而被釋放。」

「那真正的首相呢？」

「他和歐莫菲被押在車裡，直接帶到了艾拉德夫人的房子裡，那房子在漢普斯特。她是丹尼爾所謂的『姑姑』，事實上，她是一個警察通緝已久的間諜。這是我送給貴國警察當局一件價值不菲的小小禮物——更別說還有那個丹尼爾了！啊，這是個聰明的計畫，但是他沒有料想到赫丘勒·白羅會具有如此高超的才智！」

我想我朋友一時的自負和驕傲，是很有理由得到原諒的。

「你是從什麼時候開始懷疑到這些事？」

「當我按照正確的方法開始工作的時候，也就是說從大腦裡面開始思考問題的時候。我起初搞不清槍擊事件的目的，但當我發現首相用繃帶包著臉到法國去是它真正的意圖時，我才明白。當我查看從溫莎到倫敦沿途所有的地方醫院時，發現那天上午根本沒有人見過像首相那樣的人在那些小醫院上過繃帶，包紮過臉，這下我就確定了！之後的一切，對於像我這種智力的人來說，簡直就是小孩子的把戲。」

第二天早上，白羅給我看了他剛剛收到的電報，上面沒有發報地址和簽名。電文如下：

當天稍晚，晚報報導了盟軍會議的情況，報導特別強調了與會者熱烈歡呼戴維・麥克亞當先生的盛況；他激動人心的演講，給人們留下了深刻的印象。

09

富商失蹤記

Poirot Investigates

我和白羅正在一起等待我們的老朋友——蘇格蘭警場的傑派警官——來共進茶點，我們坐在茶桌旁等待他的到來。白羅剛剛將杯子和碟子小心翼翼地擺放整齊，房東太太做這些事情時總是將它們胡亂放在桌上，而不會像白羅這樣認真擺好。他對著金屬茶壺上深深地哈了一口氣，又掏出一條絲質手帕將它擦得雪亮。茶壺已經燒開了，旁邊放著一只小小的陶杯，裡面放著些濃濃的甜巧克力。白羅總是將巧克力稱作是「你們英國人的毒藥」，而他放入自己杯子裡的卻比誰都多。

樓下傳來了上樓的急切腳步聲，幾分鐘後，傑派興高采烈地推門進來。

「希望我沒有來晚，」他向我們打招呼道，「說實話，我一直在和米勒討論案子；達文海姆先生失蹤的案子是由他負責的。」

我豎起了耳朵。在過去三天裡，大小報紙上充斥著對達文海姆先生神祕失蹤案的報導。達文海姆先生是薩爾蒙的資深合夥人，他們兩人都是很有名氣的銀行家和金融家。上個星期六，在他從自己的寓所步行出門後，就再也沒有人見過他，我希望能從傑派嘴裡聽到一些讓人感興趣的細節。

「我有理由相信，」我說，「在當今這個時代，任何人想要失蹤不見，幾乎不可能。」

白羅將盤子裡的麵包抹上黃油，一口吃掉了十分之八英寸，然後語氣尖銳地說：「請用詞準確些，我的朋友。你指的『失蹤』是哪一類？」

「照你這麼說，失蹤還要分門別類了？」我笑了起來。

傑派也笑了，白羅對我們倆皺了皺眉。

「它們當然要分門別類，所有的失蹤都可以畫分為三類。第一類，也是最常見的，就是自己走失，故意失蹤；第二類，就是被到處濫用的所謂『喪失記憶力』的病例——實際生活中發生的此類失蹤很少見，但確有此類事情發生；第三類，就是謀殺，是使一個人的身體消失。按你剛剛所說的，你認為這三類失蹤都是不可能的嗎？」

「幾乎是這樣，我有理由這樣認為。他很可能喪失了記憶力，可是一定會有人認出他來，尤其是像達文海姆這樣的知名人士；然而身體是不可能像空氣那樣消失不見的，它們遲早會被發現，要嘛是被藏在人跡罕至的地方，要嘛是被藏在大旅行箱裡。謀殺終究會真相大白，同樣道理，攜款潛逃的職員，或者是躲避債務的罪犯，在當今這個通訊發達的時代，無論逃到哪裡，一定都會被找到。如果他潛逃到國外，他也可以被引渡回來，港口和車站都會受到嚴密監視；至於說藏匿在這個國家，他的相貌特徵就會出現在日報上，每個讀報的人都會認出他，他是在與文明為敵。」

「我親愛的朋友，」白羅說，「你犯了一個錯誤。你不允許有這樣的事實存在：一個下定決心要幹掉自己的人——或者用一個委婉的說法，要使自己消失的人——會有一顆聰明絕頂的腦袋，是個做事周密的人，他可以運用自己的聰明才智，將所有細節都認真計算，精心安排。那樣的話，我就不明白為什麼他不會成功地騙過警察。」

「但是他們很難騙過你，是不是？」傑派帶著他的幽默衝著我眨著眼睛。「他們不可能矇騙過你的，白羅先生。」

白羅竭力想做出謙虛的樣子，但並未成功。

「我嘛，當然了。說實話，我調查此類案子是結合嚴密的科學態度和數學運算般精密的推測，加上嚴謹的工作及責任感。啊，在新一代的偵探中，這種敬業精神已經很少見了！」

傑派的嘴巴張得更大了一些。

「負責這件案子的米勒就是個精明、機警的警官，你完全可以相信他不會放過任何一個腳印、一段菸頭，甚至是一粒麵包屑，他有一雙能洞察一切的眼睛。」

「這麼說，倫敦有的是麻雀了。不過，不管怎麼說，我是不會請這些吱吱喳喳的小鳥來解決達文海姆先生的問題。」

「那麼說，先生，你不打算搜集有價值的情報來進行偵查了？」

「不是這個意思，那些情報本身都很有用。危險在於，它們會被看得過於重要。很多細節並無多大用處，只有其中一兩個地方才是問題的關鍵所在。一個人必須依靠他的大腦，」他拍了拍他的前額。「依靠這裡面的聰明才智。『感覺』會使人誤入歧途。一個人必須從大腦裡面來尋找事實之間的聯繫，而不是從外部的表面現象。」

「您的意思該不會是說，您根本不必從椅子上站起來，就可以把這個案子調查得一清二楚吧，白羅先生？」

「這正是我所要表達的準確意義，只要把各種事實擺到我面前，我就能做到這一點。我認為自己是個可供諮詢的專家。」

傑派拍了拍膝蓋說：「如果我不抓住你這句話讓你出醜，那真是錯失良機了。我和你打賭五英鎊：在一週之內，您找不到達文海姆先生，不管他是死是活。」

白羅想了想說：「哎呀，我親愛的朋友，我接受挑戰。這就是你們英國人的做法吧。現在，請告訴我事實。」

「上星期六，和他平時的習慣一樣，達文海姆先生乘坐十二點四十分的火車，從維多利亞到清賽德；他富麗堂皇、宮殿似的別墅就坐落在那裡。午飯過後，他繞著院落散步，給園丁各種各樣的指示。每個人都說他當時的言行舉止完全正常，和以往沒有異樣。午茶過後，他在妻子臥室的門口說他要步行到村子裡去寄些信件，還說他約了一位名叫洛溫的先生來談生意上的事，如果洛溫在他回來之前到來，就先將他請進書房，讓他等一會兒。然後，達文海姆先生就從前門出去，沿著車道慢慢走下去，出了大門。後來……就再也沒見他回來。從那刻起，他就徹底地消失不見了。」

「有意思，非常有意思，這件事很有意思。」白羅喃喃低語道，「請繼續講下去，我的好朋友。」

「大約一刻鐘之後，一個身材高大、膚色黝黑、長著濃密黑鬍子的男人按響了門鈴，他說他和達文海姆先生有約，他姓洛溫。這樣，根據那位銀行家的吩咐，他被領進了書房。等了差不多有一個小時，達文海姆先生還沒回來。最後，洛溫先生拉鈴叫人，說他不能再等下去了，因為他必須趕火車返回城裡。

「達文海姆夫人為她丈夫的失約向他表示歉意。在她看來，這似乎很難相信，因為她知道他親口說過要等一位客人的。洛溫先生對此感到很遺憾，後來就離開了。

「好了，就像所有人後來都知道的那樣，達文海姆先生從此未再出現過。星期天一大早，警察就接到了報案，可是沒有調查出什麼結果，達文海姆先生像是無緣無故地消失在空氣裡。他既沒去過郵局，也沒人見他從村裡走過，在車站，警察也證實他沒有乘火車離開。他自己的車也停在車庫裡。如果他的車沒有離開車庫，如果他雇了一輛車在一個祕密的地點接他，那麼現在看到有這麼一大筆尋人的賞金，那個受雇的司機一定會到警察局報告他所知道的情況。事實是，在離他村莊五英里遠的恩特菲爾德，那天有一場小型的賽馬比賽，如果他是步行去車站，可能會從人群中穿過去而不引起別人的注意。但是，從那以後，他的照片和詳細的報導都出現在各大報紙上，沒有人會不知道他的事情。我們當然已收到來自全國各地的很多信件舉報案情，但是到目前為止，還沒有一條線索可以提供真正的幫助。

「星期一早上，案情稍有進展，在達文海姆先生的書房裡，一幅肖像畫的後面有一個保險櫃，已被撬開洗劫一空，窗戶從裡面關得很緊。由此看來，一般的入室盜竊就被排除了。當然，除非屋裡有個同夥，在事後又將窗戶關上了。另一方面，星期天的時候，大家已經知道了發生的事情，屋裡到處亂得一團糟，竊盜案很可能是在星期六發生的，直到星期一才被發現。」

「有這種可能，」白羅乾冷冷地說，「那麼，那位洛溫先生被捕了嗎？」傑派咧了咧嘴。

「還沒有，但已對他進行嚴密的監視。」

白羅點點頭。

「保險櫃裡丟的是什麼東西？你對此有何看法？」

「我們就此事向達文海姆夫人和那家銀行的合夥人進行了調查，很顯然，那裡面有相當數目的有價證券和大量現金，因為公司剛剛完成一筆數額巨大的交易，還有一些珠寶，達文海姆夫人的所有珠寶都保存在那個保險櫃裡。這幾年，她的丈夫突然熱中於購買珠寶，幾乎每個月都花一大筆錢為她購買一件價值昂貴、非常罕見的珠寶。」

「加在一起，這可是很大的一筆財富啊，」白羅沉吟道，「那麼洛溫的情況怎麼樣呢？那天傍晚他與達文海姆要談的是什麼呢？」

「洛溫只做小筆的股票交易，然而他還有一兩次在股市上占了達文海姆的便宜，雖然他們很少見面，或事實上就根本沒見過面。這次，那位銀行家約他來見面，是想和他談南美股票的問題。」

「達文海姆對南美感興趣嗎？」

「我想是吧。達文海姆夫人偶爾提到他去年在布宜諾斯艾利斯度過了整整一個秋天。」

「他的家庭生活有問題嗎？丈夫和妻子的關係還好嗎？」

「我該說他的家庭生活相當平靜和正常。達文海姆夫人是個性情溫和、頭腦簡單的女人，依我看，是那種沒有什麼個性、很平常的人。」

「那麼我們就不必從他的家庭生活中尋找答案了。他有什麼仇人嗎？」

「在金融界，他有很多競爭對手。毫無疑問，他打敗過很多人，那些人不會對他有什麼太好的印象。但是，還不至於就為此原因而把他幹掉；如果說有人想除掉他，那麼他的屍體在哪裡呢？」

「很精闢。就像海斯汀說的那樣，人的屍體遲早會被發現。」

「順便說一句，他的一位園丁說，他看見一個人沿著院子的一邊向種植玫瑰的花園走去了。書房的窗戶打開時，正是對著玫瑰園那個方向，達文海姆先生離開院子時經常從玫瑰園經過。但是那人當時離得很遠，又隔著黃瓜藤架，所以他不敢肯定他所看到的真是他的主人。另外，他也說不出精確的時間，大概的時間應該是在下午六點之前，因為園丁在那時正要收工回家。」

「達文海姆先生是什麼時間離開院子的？」

「大約在下午五點半左右。」

「玫瑰園的前面是什麼？」

「是個湖。」

「湖邊有泊船的房子嗎？」

「是的，有一兩艘方頭平底船停在湖邊。我想你是在揣測達文海姆先生是否會自殺吧，白羅先生？好吧，我要告訴你的是，米勒明天要去打撈那個湖，找看看。」

白羅微微笑了笑，扭頭對我說：「海斯汀，請遞給我那份《每月簡報》，如果我沒記錯，那上面印有這個失蹤者非常清晰的照片。」

我站起身，找到白羅要的那份報紙，白羅仔細地看著。

「嗯！」他低聲說，「他留著帶波浪的長髮，鬍子和眉毛很濃密。他的眼睛是黑色的嗎？」

「是的。」

「頭髮和鬍子是花白的？」

那位警官點點頭。

「是的，白羅先生，對此你有什麼看法？一眼就能看出案情的真相嗎？」

「恰恰相反，目前很難說清楚。」

那位警官表情愉悅起來。

「這使我對解開此案抱有很大的希望。」白羅平靜地表達自己的意思。

「嗯？」

「案情模糊不清，其實是好的徵兆。如果一切事情都清楚明白，請不要相信它，那一定是有人故意設計安排的。」

傑派遺憾地搖搖頭。

「好吧，各人有各人的想法。不過，若能在那湖裡找出解決辦法，也不是件壞事。」

「或許吧。」白羅小聲說，「我要閉上眼睛，好好想一想。」

傑派嘆了口氣說：「你有一週的時間可以考慮。」

「而你要隨時向我提供案情的最新進展，包括那位工作勤奮、目光敏銳的米勒警官的調查結果，可以嗎？」

「當然，我們的賭局中有這一條。」

「這樣做很無恥，對不對？我這種做法簡直像是在搶小孩的錢！」

我笑了笑，很難表示不贊同，回到房間時，我臉上還帶著笑。

「天啊！」白羅一見我便開口說，「你們要取笑老白羅，是嗎？」他用手指著我。「你們不相信老白羅的聰明才智？啊，別搞錯了！我們來探討一下這個小小的問題吧，雖然目前還不能完全解決，但它已經初現端倪了。」

「湖！」我鄭重其事地說。

「不僅僅是湖本身，還有泊船的小屋！」

我瞪大眼睛望著白羅。他臉上帶著無動於衷的笑容，我想，此時向他提出更多的問題也是枉然。

直到第二天傍晚，我們都沒聽到傑派的任何新消息。大約九點的時候，他邁步進了我們的房間，從他的表情，我立刻猜出他帶來了新消息。

「好啊，我的朋友，」白羅招呼道，「進展順利嗎？不過請別告訴我，你們在那湖裡找到了達文海姆先生的屍體，因為我不相信會是這樣。」

「我們沒有找到屍體，但是我們發現了他的衣服，和他那天穿的完全一樣，對此你有何高見？」

「他屋裡還有別的衣服不見了嗎？」

「沒有，他的男僕確信這點，他的其他衣服都沒少。另外的情況是，那天一個曾負責關臥室窗戶的女僕報告說，她看見我們逮捕的洛溫經過玫瑰園，走進了書房，時間大約是當天下午六點一刻，那是在他離開達文海姆家別墅前的十分鐘左右。」

「他如何解釋這件事？」

「首先他否認他離開過書房，但那個女僕一口咬定，後來他就假裝說他忘記了。他說只是從書房裡走出來，看看某種很不尋常的玫瑰。這種說法很難站得住腳。還有一個明顯對他不利的證據。達文海姆總是在左手小指上戴著一枚鑲有鑽石的金戒指，而那枚戒指星期六晚上在倫敦被典當了。典當戒指的人名叫比利．凱特，他有過一項前科——去年秋天，因偷竊一位老人的手錶而被拘留過三個月。他至少在五個不同的地方試圖典當掉那枚戒指，最後，他終於脫手了。之後，他喝得酩酊大醉，竟然動手打了一個警察，因此被關起來。我和米勒去拘留所看過他，現在他已經清醒過來了。我毫不隱瞞，當時就向他暗示，他可能會因謀殺罪而被起訴，他聽了這話嚇得要死。於是敘述了當天的情況，聽來非常怪異。

「他星期六到恩特菲爾德的賽馬會上——我敢說賽馬賭博不是他的老本行——那天，他運氣不好，倒楣透了。後來他沿著到清賽德的路慢慢蹓躂著回來，就在他進村子之前，他坐在一條溝渠旁休息。幾分鐘後，他注意到有個人從村裡的那條路走來，『那人面色黝黑，大鬍子，穿得像個城裡的有錢人。』他這樣形容那個人。

「凱特的身子被一大堆石頭遮著，路上的人看不到他。就在他快要走到凱特這邊的時候，那人朝大路前後迅速張望了一番，在確定路上沒人之後，他就從口袋裡掏出一件小東西扔到了路旁的樹叢中，然後就急匆匆地朝車站走去。他扔到樹叢裡的那件小東西引起了躲在溝渠裡這個流浪漢的好奇心，他到那樹叢中搜尋了一陣子，終於發現那是一枚戒指。這就是凱特描述的經過。然而洛溫徹底地否認了這一切。當然，像凱特這種人的話，是絲毫都靠不住的。比較可能的情況是，他在那條小路上遇到了達文海姆，並將他身上的東西搶劫一空，之後將他殺死了。」

白羅搖了搖頭。

「非常不可能，我親愛的朋友。首先，凱特沒有辦法處置屍體，如果達文海姆死了，現在他的屍體早該被發現了。其次，他典當那枚戒指的方式很公開，這就是說，他不可能是謀殺後得到那枚戒指的。第三，那個鬼鬼祟祟的小偷不可能是個殺人犯。第四，因為他從星期六就被關了起來，那麼，他怎麼能夠這麼精確地描述洛溫的相貌？其中的巧合太多了。」

傑派點點頭。

「我不能說你錯了，但陪審團不會相信一個囚犯的話。在我看來，奇怪的是，洛溫為什麼不用一個更聰明的辦法處置那枚戒指？」

白羅聳了聳肩膀。

「好了，不管怎麼說，如果那枚戒指是在附近一帶發現的，那麼，也有可能是達文海姆本人把它扔掉的。」

「但他為什麼要扔掉它呢？」我爭辯道。

「也許出自什麼考量，」傑派說，「您知道嗎？就在湖的那邊有條小路，通向山上，步行不用三分鐘就可以走到一個——您猜那是個什麼地方——石灰窯場！」

「天啊！」我叫道。「您的意思是說，雖然在石灰窯裡可以毀屍滅跡，但那枚金屬戒指並不會消失，是嗎？」

「沒錯。」

「在我看來，」我說，「一切事情都好解決了。這是一件多麼可怕的罪行啊！」

我們兩個有了共識，都對這種猜想感到滿意。我們轉頭看了看白羅，他好像陷入了沉思，眉頭緊皺著，一副心事重重的樣子，像是正在竭盡全力克服痛苦，我感到他那敏銳的頭腦正在說服自己相信這個事實。他會做出什麼樣的反應呢？我們不久就會得到答案。

隨著一聲嘆息，他緊張的神情鬆弛了下來，轉身向傑派問道：「我的朋友，你能告訴我，達文海姆先生和他的妻子是否住在同一間臥室，同榻共眠嗎？」

這個極為唐突的問題，一時間弄得我們倆面面相覷。然後，傑派猛地大笑起來。

「天啊，白羅，我還以為你有了什麼驚人的發現呢！就您這個問題來說，我沒做過任何調查。」

「你可以搞清楚吧？」白羅緊追不捨，好奇地問道。

「噢，當然了，如果你那麼想知道的話，我可以進行調查。」

「我親愛的朋友，如果你能將這個問題弄清楚，我將不勝感激。」

傑派盯著他看了幾分鐘，但白羅好像是忘記了我們兩個人的存在。傑派衝我難過地搖搖頭，自言自語道：「可憐的老傢伙！戰爭給他留下的後遺症太深了！」說著，他輕輕地踮著腳尖離開了房間。

趁著白羅沉浸在白日夢裡時，我拿出一張紙，不停地在上面亂塗亂畫，以此自娛。我朋友的聲音喚醒了我，他已經從他的沉思冥想中清醒了過來，看上去容光煥發，精力充沛。

「我的朋友，你在幹什麼？」

「我剛才正在將我所能想到的案情要點記下來。」

「你終於可以條理清晰地思考問題了。」白羅讚許有加地說。

我掩飾著興奮。

「要我給你讀一讀這些要點嗎？」

「當然。」

我清了清嗓子。

「第一，所有的證據都顯示，是洛溫強行打開了那個保險櫃。

「第二，他與達文海姆有仇。

「第三，他第一次回答警察的詢問時，說自己從未離開過書房，這是在撒謊。

「第四，如果比利·凱特的話是真的，那麼洛溫絕對具有重大嫌疑。」

我停頓了一下。

「怎麼樣？」我問，因為我覺得自己抓住了所有的重要關鍵。

白羅遺憾地看了看我，輕輕搖搖頭。

「我可憐的朋友！遺憾的是你不具備這方面的天賦！你從來就沒有注意到最關鍵的細節！另外，你的推理都是錯誤的。」

「什麼？」

「讓我來重新解釋一下你的四個要點吧。第一，洛溫先生不可能知道他有機會打開保險櫃。他來見達文海姆是要談生意，他不可能預知達文海姆先生會出去寄信而不在家、他洛溫會被單獨留在書房裡。」

「也許他是當場見機行事。」我爭辯說。

「那做案工具呢？城裡的紳士不可能隨身帶著破鎖的工具，時時預備見機行事。沒有人會用削筆刀來撬開保險櫃，這是顯而易見的事實！」

「那麼第二點呢？」

「你說洛溫與達文海姆先生有仇。你的意思是說，洛溫在生意場上曾有一兩次占過達文海姆先生的便宜。假如那些生意往來是對洛溫有利，是他賺了達文海姆先生的錢，他怎麼可能對那個被他占了便宜的人心懷仇恨——說被占便宜的人會心懷不滿還比較可能。不管兩人有什麼樣的過節，懷恨的那一方都應該是達文海姆先生才對。」

「那麼，你總不能否認，他說他從未離開過書房是在撒謊吧？」

「我不否認。但他也許是嚇壞了。請記住，那個失蹤者的衣服剛剛在湖裡被發現。根據一般的常識，如果他說出實話，對他才會有利。」

「你對第四點做何解釋？」

「我同意你的看法，如果凱特講的是事實，洛溫就難以否認他涉嫌重大，正是這一點才使這件案子很有意思。」

「這麼說，我說對了一個關鍵問題了？」

「也許吧……但是，你完全忽略了另外兩個最重要的關鍵所在。這兩個要點無疑是貫穿整個案情的線索。」

「啊，求求你，告訴我，到底是什麼？」

「第一，達文海姆先生在最近幾年不停地購買珠寶，這種熱情值得懷疑；第二，去年秋天，他去了布宜諾斯艾利斯。」

「白羅，你這是在開玩笑吧？」

「我很認真。啊，千真萬確，但我希望傑派不會忘了我委託他調查的那件事。」

傑派把這件事牢牢記在心裡。像是為了讓這個玩笑增添氣氛，在第二天上午十一點左右，一封電報送到了白羅手裡。經過他的允許，我打開電報讀了出來：「從去年冬天開始，夫妻已經分居在不同的房間。」

「啊哈！」白羅叫了起來。「現在我們已經抓住了問題的核心！一切都解決了！」

我盯著他。

「你在達文海姆銀行裡沒有存款吧，我親愛的朋友？」

「沒有。」我頗感奇怪地說，「為什麼這麼問？」

「因為我必須勸你立即將錢取出來——但願不要為時太晚！」

「你怎麼會這麼想呢？」

「我想，幾天內便會出現一場嚴重的破產事件——也許會更快。這倒提醒了我，我們應該報答傑派的幫助，請你遞給我一張紙和一枝鉛筆。好了，我這樣寫：奉勸您立即取出您存在那家問題銀行裡的錢。這會引起他的極大興趣！他的眼睛會瞪得大大的……大大的！到了明天，也許是到了後天，他才會真正理解這句話的深刻含義！」

我依然心存疑惑，但接下來發生的事，使我不得不對我朋友過人的智慧產生由衷的敬佩。各家報紙都在頭版用顯著的標題報導了達文海姆銀行破產的消息，那位著名銀行家的失蹤，對揭開這家銀行金融業務的真相造成了影響。

在我們的早餐吃到一半的時候，門突然被撞開，傑派闖了進來。他的左手拿著一張報紙，右手拿著白羅的那份電報，他把那份電報甩到了我朋友的面前。

「你究竟是怎麼知道的，白羅？這些情況你怎麼會預先得知呢？」

白羅平靜地笑著對他說：「啊，我親愛的朋友，接到你的電報後，事情就一清二楚了！從一開始，我的印象就是，那個保險櫃失竊的情況太明顯了。珠寶、現金，還有證券，所有這些東西都被安排得太妥當了——為了誰呢？那位達文海姆先生正是你們所謂的『頭號嫌疑犯』！可以確信，這一切都是他自己安排的——還有，他近幾年來購買珠寶的那種熱情也是。這一切是多麼簡單啊！他將他挪用和侵吞的銀行公款轉化成珠寶！他很可能再用仿製的贗品來代替真正的珠寶，將那些價值昂貴的、真正的珠寶用另外一個名字存在一個安全的地方，那將是一大筆他後半生要慢慢享用的財富。當所有人都被蒙蔽並誤導的時候，他從這件事裡解脫出來，利用他晚年的大好時光來享用那筆數目可觀的財富。他做好安排之後，就約了洛溫先生——他在過去的幾年裡，曾極不謹慎地同這位人物交鋒過一兩次——他在保險櫃上鑽了一個洞，留下口信說，請將客人領進他的書房，然後便從院子中走了出去。他到哪裡去了呢？」白羅說著，停了下來，伸出手，又拿了一顆煮熟的蛋。看著雞蛋，他皺了皺眉。「實在是不像話，」他喃喃低語道，「每一隻母雞下的蛋大小都不一樣！在早餐桌上，怎樣才能吃到大小一樣的雞蛋呢？商店裡出售雞蛋時，至少應該分成大小形狀都一樣的，再成打賣出來！」

「別再理會那些雞蛋了，它們愛怎樣就怎樣吧，」傑派不耐煩地說，「現在，請告訴我們，他離開家後，朝哪裡去了——當然，如果你知道的話！」

「他當然是朝他藏身的地方去了，啊，這位達文海姆先生，也許思維方式有點怪異，但他的點子卻是第一流的！」

「你知道他現在的藏身之處嗎？」

「當然知道！這很明顯。」

「看在上帝的份上，趕快告訴我們吧！」

白羅輕輕地將他盤子裡的每一片蛋殼碎片撿了起來，放在杯子裡，接著將大蛋殼蓋在那些碎片上面。完成了這項工程之後，他看著整潔的桌面，臉上露出了笑容。接著，他容光煥發、熱情洋溢地對我們說了起來。

「聽著，我的朋友們，你們都是聰明人。請你們問自己一個如下的問題，就像我曾經向自己發問一樣：『假如我是這個人，我應該到哪兒藏身呢？』海斯汀，你會怎樣回答？」

「我呀，」我說，「我不會離開倫敦向外地逃跑，我會留在這個大都市的中心地帶，坐著電車或公共汽車四處兜風，十有八九不會被人認出來，這是最安全的做法。」

白羅將詢問的目光再度投向了傑派。

「我不敢苟同。我會立刻逃走，那才有機會生存下去。我事前有充足的時間來安排好這一切，我會接洽一艘小船等著我，發動機器後，我會在身後一片喊叫捉拿聲響起之前，逃到世界上最隱祕的角落裡去。」

我們倆抬頭看著白羅。

「你是怎麼想的，白羅？」

他沉默了好一會兒，然後臉上浮起了詭祕的笑容。

「我的朋友們，如果我想要在警察的鼻子下面抽身，你們認為我該藏到哪裡呢？躲到監獄裡去！」

「什麼？」

「你們正在搜捕達文海姆先生，目的是要將他逮進監獄。因此，你作夢也不會想到，他是否有可能已經被關進監獄了！」

「你這話是什麼意思？」

「你告訴我說，達文海姆夫人不是個非常聰明的女人，但我認為，如果你把她帶到拘留所，讓她和那個名叫比利．凱特的人見上一面，即使是智商再低，她也一定會立刻認出他來，儘管他已經剃掉了鬍子和那些濃密的眉毛，而且還把頭髮留得很短。一個女人再笨也還是能夠認出自己的丈夫，即使整個世界上所有的人都被蒙蔽了。」

「比利．凱特？但警察早已有他的犯罪記錄了！」

「我不是告訴你了，達文海姆是個聰明人嗎？他在很久以前就開始準備他的不在場證明。去年秋天，他根本沒去布宜諾斯艾利斯，他在忙於塑造一個叫比利·凱特的人，這計畫進行了三個月。因此，一旦東窗事發，警察就不會有絲毫懷疑。要記住，他這是在為一大筆財富下賭注，同樣也是為了他的自由而賭。做這樣的犧牲是很值得的，只不過——」

「什麼？」

「啊，從此以後，他不得不和假鬍子、假髮套為伴，也不得不重新裝扮起他原來的模樣。要戴著假鬍子睡覺可不是件容易的事——它總會引起懷疑，因此，他不能冒險和他的妻子同床共眠。你為我查證了如下的事實：在此之前的六個月，或者說自從他編造他從布宜諾斯艾利斯回來以後，他和達文海姆夫人就一直分居在不同的房間。知道了這一事實之後，我便確立了我的推論，各個細節都天衣無縫，非常吻合。這個園丁認為他看到主人繞過院子的一邊，他的話是很正確的。達文海姆到了湖邊停泊船隻的小屋裡，穿上了流浪漢的衣服——這一定是他事先瞞過男僕放在那兒的。接著，他將自己原來穿著的衣服扔進了湖裡，然後用一種很招搖的方式典當那枚戒指，又按計畫襲擊了一名警察，讓自己安安穩穩地被關進了看守所。人們作夢也想不到他會在那兒！」

「這不可能。」傑派喃喃低語道。

「你去請達文海姆夫人辨認一下。」我的朋友微笑著說。

第二天，一封掛號信放在白羅的面前，他打開那封信，一張五英鎊的鈔票飄落到桌上，我朋友的眉頭舒展開來。

「啊，我贏了！我該用這錢做點什麼呢？真內疚啊，這不是欺負傑派嗎？啊，有了！我們用它來享受一頓美食吧，我們三個人一塊兒！這樣，我也會感到些許安慰，這真是太容易了。我為此而感到羞恥，我打死也不願意搶一個小孩子的錢——真該死！我親愛的朋友，你為什麼笑得這麼開心呢？」

10

電話求救疑案

Poirot Investigates

白羅和我有很多不算是正式交往但相處融洽的朋友和熟人，其中就有一位霍克醫生。有一段時間，這位和藹可親的醫生養成了一個習慣，總是在傍晚的時候到我們這兒來坐坐，和白羅閒談聊天。他由衷地敬佩白羅的才能。醫生本人是個心地坦蕩、從不矯飾的人，他非常崇拜白羅身上那種他所不具備的智慧。

六月上旬的一個傍晚，大約八點半，他又來了，舒舒服服地在椅子上落坐之後，開始愉快地聊起了時下流行用砒霜下毒的案件。我們聊了大約十五分鐘，客廳的門突然被撞開，一個驚惶失措的女人闖了進來。

「噢，醫生，有人需要您的幫助！那聲音可怕極了，把我嚇了一跳，實在太可怕了！」

我認出這是霍克醫生的女管家賴德小姐。醫生是個單身漢，住在離我們這兒幾條街外的一棟老房子。一向性情平和的賴德小姐此刻說起話來語無倫次，完全失去了平日的鎮靜。

「什麼可怕的聲音？到底是誰？出了什麼事？」

「是電話裡的聲音，醫生，我接的電話，那個聲音說：『救命！』它就這麼說。『醫生，救命！他們要殺我！』後來的聲音就聽不清楚了。『你是誰？』我問，『是誰在說話？』接著，我又聽到了回答，那聲音就像是在低聲耳語，好像是說『福斯卡蒂尼』，又說『雷金大廈』。」

醫生驚叫了一聲。

「福斯卡蒂尼伯爵。他住在雷金大廈，我得馬上走。會出什麼事呢？」

「他是你的一位病人嗎？」白羅問。

「幾個星期前，因為一些小病，我去他那兒出診過，他是個義大利人，但他的英語很道地。好了，我必須告辭了。晚安，白羅先生。如果——」他猶豫了好一會兒。

「我知道您想要說什麼，」白羅微笑著說，「能陪您前去，我感到十分榮幸。海斯汀，到樓下叫輛計程車。」

當一個人有急事迫切需要搭車時，計程車總是無影無蹤。最後，我終於攔住了一輛，上車後，我們立即朝雷金大廈疾駛而去。雷金大廈就坐落在聖約翰森林大道附近，是一幢帶公寓套房的新式建築，最近剛剛完工，裡面裝備有最先進的服務設施。

大廳裡沒有人。醫生馬上按了電梯按鈕。當電梯下來時，穿制服的服務生態度嚴厲地問我們要去哪裡。

「十一號福斯卡蒂尼伯爵的房間。我想那裡有意外情況發生。」

那人瞪了瞪他。

「我知道的情況是，格雷夫先生大約在半小時前就出去了，他是福斯卡蒂尼伯爵的男僕，當時他什麼也沒說。」

「伯爵一個人在房間裡嗎？」

「不，先生。他請了兩位先生和他共進晚餐。」

「他們是什麼人？」我迫不及待地問。

我們進了電梯，很快就到了二樓，十一號就在二樓。

「我沒親眼看到他們，但我想他們是兩個外國人。」他關上了鐵門。我們步出電梯，十一號房就在我們的對面。醫生按響了門鈴，裡面沒人回答，我們聽不到裡面有任何聲音。醫生又按了幾遍門鈴，除了門鈴的聲音，裡面什麼動靜也沒有。

「事情好像很嚴重。」醫生低聲說，他轉身問那個電梯服務生：「有打開這房間的備用鑰匙嗎？」

「在樓下的服務處有一把。」

「請馬上把它拿來，我想你最好去報警。」

白羅滿意地點了點頭。

那個服務生立刻跑開。不久，他回來了，還帶來了公寓的經理。

「先生們，你們能解釋一下這是怎麼回事嗎？」

「當然可以，我剛才接到了福斯卡蒂尼伯爵的電話，他說他被人襲擊，快要死了。您應該理解，我們必須及時進行搶救，但願現在不會為時太晚。」

經理沒再多說什麼，便急忙掏出備用鑰匙將房門打開，我們全都進了房間。

首先進入的是一間面積很小的方形客廳，在它右邊的那扇門半開半掩著。經理點點頭，對我們說：「這是餐廳。」

霍克醫生帶頭走了進去，我們緊隨其後。當我們進去後，我驚訝地倒吸了一口氣，餐廳正中央的圓形餐桌上留著一頓晚餐，三把椅子都稍微離開餐桌一點，像是坐在上面的人剛剛起身離去。在靠近壁爐右側的牆角裡，放著一張大寫字檯，它的後面坐著一個人——或者說他曾經是一個人，他的右手還握著電話，身體卻向前倒了下去，他的後腦挨了致命的一擊。致他於死的凶器很快就被發現了，那是一尊放在他一旁的大理石雕像，那尊雕像被人推倒，它的底座還沾著血跡。

醫生的檢查不到一分鐘就結束了。

「已經死了，絕對是當場死亡。我懷疑他怎麼還能夠打電話。在警察到來之前，最好是別動他。」

根據經理的建議，我們搜查了整個房間，但結果就像早已預料到的那樣，謀殺者不可能在他抬腿就能離開的情況下，還滯留在那裡。

我們又回到餐廳，白羅沒有和我們一起去搜查房間。回來時，我發現他正在仔細打量餐廳正中的那張桌子。我湊到他身邊。那是一張擦得光亮的紅木圓桌，一瓶玫瑰花裝飾在桌子中央，光潔如鏡的桌面上鋪有帶花邊的白色盤子襯墊；桌上擺有水果盤，但三個盤子都沒被動過，還有三個盛有咖啡的杯子——兩杯黑咖啡和一杯加了牛奶的咖啡，三個人一定都喝了一些，半滿的咖啡壺端放在中間的盤子上；有個人抽了一支雪茄，另外一個抽了兩根香菸；盛雪茄和香菸的灰色菸盒打開放在桌子上。

我默默將這一切記在心裡，但我必須承認這些無助於我了解案情。我想知道，白羅會根據它們做出什麼樣的推論，他非常專心致志。於是，我向他提出疑問。

「親愛的朋友，」他回答說，「你忽略了一個重要的方法。我正在尋找我看不到的東西。」

「那是什麼？」

「一個失誤——哪怕只是一個小小的失誤，就是那個謀殺者的一個小小疏忽。」

他快步走到與餐廳相連的那個小廚房，探頭看了看，又搖了搖頭。

「先生，」他叫了那位經理。「請告訴我，你們這兒送餐點的設備和方法。」

經理邁步走到牆上的一個小窗口旁。

「這是送餐點的電梯，它一直通到大樓最頂層的廚房。餐點是透過電話來預定的。廚師把餐點放在這個電梯裡送下來。每次只送一道菜，用過的餐盤和碟子用同樣的方式送上去，住戶一點也不用為這些瑣事擔心；同時，又可以避免在餐館吃飯受到打擾。」

白羅點點頭。

「這麼說，今天晚餐用過的盤子和碟子，都被送到頂層的廚房裡了？您是否允許我上去看一看？」

「噢，當然了，如果您願意的話！開電梯的服務生羅伯特會帶您上去，給您做介紹。不過，恐怕對您沒有幫助。他們每天洗刷成百上千的盤子和碟子，而且全部放在一起了。」

然而，白羅的態度很堅決，他堅持要上去看一看，我們一起上了頂層的廚房，並詢問了那個拿十一號菜單的人。

「菜單預訂的是三個人的分量，」他解釋說，「訂的菜單是清湯、魚片、牛排，還有米飯和蛋奶酥。您問是什麼時間？噢，大約是傍晚八點。恐怕現在那些盤子和碟子都被洗乾淨了。真是運氣不佳。我想您是想查驗上面的指紋吧？」

「不完全是，」白羅說，「我對福斯卡蒂尼伯爵的食欲更感興趣。他是不是每樣菜都嘗了一點？」

「是的，不過，我當然不清楚每一樣他吃了多少，反正每個盤子都被動過了。菜盤大都是空的，除了那份米飯和蛋奶酥，那個盤裡剩了許多。」

「啊！」白羅應了一聲，似乎對這一事實表示滿意。

當我們重新下來回到那個房間時，他低聲對我說：「我們對付的是一個做事有條理的人。」

「你是指謀殺者，還是福斯卡蒂尼伯爵？」

「後者無疑是一位講究條理的先生，在發出呼救和說出了逼近他的危險之後，非常小心地用手向上拿著話筒。」

我瞪大了眼睛。他的這番話和說話的語氣使我產生了一個新的念頭。

「你懷疑他是服毒？」我屏住氣問道，「那麼他頭上的那一擊是假裝的？」

白羅只是笑了笑，沒說什麼。

我們再次回到房間時，發現當地的一位警官帶著兩名警察已經趕到了現場，他好像對我們的出現並不高興，但白羅向他提起我們在蘇格蘭警場裡的朋友傑派警官後，我們便留了下來。我們能留下來的確是件很幸運的事，因為五分鐘後，房間裡闖進了一位中年人，他臉上的悲痛和絕望讓人一覽無遺。

來人就是格雷夫，他是福斯卡蒂尼伯爵的男僕，他提供的資料對我們很有幫助。

在前一天上午，兩位先生來拜訪他的主人。他們都是義大利人，年長的一位大約四十多歲，他說他是阿斯卡尼奧先生。年輕的一位約有二十多歲，衣著很是考究。

福斯卡蒂尼伯爵顯然對他們的來訪有所準備，立即將格雷夫打發出去辦些雜務。說到這裡，他停頓了一下，有些猶豫，最後他終於承認，出於對這次會晤的好奇，他並沒有遵從主人的吩咐立刻離開，而是在房門外徘徊磨蹭著，想聽一些裡面進行的談話。各方談話的聲音都很低，所以他並沒有聽得很清楚，但他還是隱約聽到了一些，可以清楚地說明他們討論的是有關錢的問題，談話內容自始至終充滿了威脅，沒有絲毫的友好氣氛。

到了最後，福斯卡蒂尼伯爵略微提高了嗓門，偷聽的人就因此聽到他說了這些話：「先生們，現在，我們沒有時間再討論這個問題了，明天晚上八點你們來和我共進晚餐，我們繼續討論這個問題。」

格雷夫害怕有人發現他在偷聽，就急忙出去按照主人的吩咐辦事去了。今天晚上八點，那兩個人準時到了。在晚餐期間，他們談到了一些無關緊要的事情——政治、天氣，還有戲劇表演等等。當格雷夫將晚餐都擺放到桌子上，並準備好了咖啡後，他的主人就告訴他說，今天晚上他可以隨意安排，沒有什麼要他侍候的了。

「在有客人的時候，他這樣吩咐你正常嗎？」警官問道。

「不，先生，通常不是這樣。正因為如此，才使我想到，他要和這些先生進行的談話一定很不尋常。」

格雷夫的話就這樣結束了。他大約在八點三十分出去，見了一個朋友，並和朋友一起到大都會音樂廳消磨了很長時間。

沒有人看見那兩個人是什麼時間離開的，但謀殺的時間很清楚是在八點四十七分，寫字檯上那只小鐘被福斯卡蒂尼打掉在地上，它在那一刻停止了走動。時鐘停止的時間和賴德小姐接到呼救電話的時間正好吻合。

法醫對屍體進行了檢查，現在，屍體被放在大沙發上。我第一次看清了那張臉——橄欖色的臉龐，長長的鼻子，濃密的黑鬍子，厚厚的紅嘴唇翻了起來，露出白得刺眼的牙齒，這是一張看上去不太友善的臉。

「好了，」警官闔上了他的記錄本說道，「案情看起來非常清楚了，目前我們急待解決的問題是找到這位阿斯卡尼奧先生。我猜想他的地址不會碰巧在死者的筆記本裡吧？」

正像白羅說的那樣，這位福斯卡蒂尼是個做事有條理的人，他的筆記本裡有一條寫得很小但很清晰的字：「阿斯卡尼奧先生，格洛斯威諾酒店」。那個警官忙著打電話，然後向我們咧嘴笑著說：「非常恰巧，我們要找的這位先生剛剛動身去歐洲大陸。好了，先生們，我們在這裡要做的事情已經結束了。這是一件不幸的事，但是案情已經昭然若揭，極其可能是一件義大利人的家族恩怨。」

就這樣，那位警官一身輕鬆地離開了房間。我們朝樓下走去，霍克醫生非常激動。

「這就像小說劇情，不是嗎？非常令人震撼，若不是人在現場，我是不會相信的。」

白羅沒有言語，他一直很嚴肅地沉思著，整個晚上，幾乎沒再張開過嘴巴。

「你這位大偵探有何高見，嗯？」霍克說著，拍了拍白羅的肩膀。「此時此刻，你的聰明智慧還沒發揮作用嗎？」

「你這樣認為嗎？」

「那你想到了什麼呢？」

「比如說那房間的窗戶。」

「那窗戶都關著，沒有人可以從窗戶進來或出去。我特別注意到了這點。」

「為什麼你會注意到它呢？」

醫生露出滿臉的困惑。白羅急忙解釋。

「我的意思是說，那些窗簾沒拉上，這有點奇怪；再者是那杯咖啡，那是很濃的黑咖啡。」

「那又怎麼樣呢？」

「非常濃非常黑，」白羅重複說，「這樣，就使我們想到，他一定是用過了那些米飯和蛋奶酥。由此我們能得到些什麼啟發呢？」

「咖啡和奶酥，」醫生大笑道，「您說的這些事風馬牛不相及，這是在和我開玩笑吧。」

「我從來不開玩笑，海斯汀可以為我作證，我這人相當嚴肅。」

「我不懂你在說些什麼，」我承認道，「您不會是懷疑這個男僕吧？他有可能是那個犯罪集團的成員，在咖啡裡下了毒。我認為，他們會為他提供不在場證明。」

「沒錯，我的朋友，但是那個阿斯卡尼奧先生不在現場的證據更令我感興趣。」

「你認為他不在做案現場？」

「這正是我所擔心的。我猜我們很快就會弄清這一點。」

《每日新聞報》使我們對以後的案情進展有了更多的了解。

阿斯卡尼奧先生被捕，並被指控謀殺福斯卡蒂尼伯爵。當他被捕時，他一口否認見過那位伯爵，並且聲稱在案發的前天上午以及案發的當天晚上，都從未走近過雷金大廈。那位年輕人則消失得無影無蹤，阿斯卡尼奧先生是案發前兩天從歐洲大陸隻身一人來到英國，住進格洛斯威諾酒店的。搜捕第二個人的努力以失敗告終。

然而，阿斯卡尼奧並沒有被送上法庭受審。不低於義大利大使身分的一位政界要人到警察局出面作證，說那天晚上從八點到九點，阿斯卡尼奧一直在大使館和他在一起。因此，他被釋放了。很自然，很多人都認為那樁案子屬於政治事件，因而有意祕而不宣，隱瞞民眾。

白羅對所有這一切都表現出濃厚的興趣。然而，在某天上午，當他突然對我說他十一點要等一位客人時，我還是有點吃驚，因為那位客人不是別人，正是阿斯卡尼奧先生本人。

「他希望與你會面嗎？」

「啊，海斯汀，是我希望能和他面談。」

「談什麼！」

「談雷金大廈的謀殺案。」

「你打算證明是他幹的？」

「一個人不能夠因為謀殺罪被審問兩次，海斯汀，你應該具備這種常識。啊，這是我們的朋友按的門鈴。」

幾分鐘後，阿斯卡尼奧先生被領進房間。他身材矮小，人很瘦削，眼神狡黠詭詐。他站在那兒一動也不動，用懷疑的目光交替地看著我和白羅。

「哪位是白羅先生？」

我的矮個子朋友輕輕地拍了拍胸脯。

「請坐，先生。這證明您已接到了我的信。我決心將這件案情中的祕辛，調查個水落石出。在某些方面，您可以幫助我。我們來談談吧。您陪同一位朋友在九號，即星期四上午，拜訪了那位福斯卡蒂尼伯爵——」

那個義大利人做了個憤怒的手勢。

「這是根本沒有的事，我在法庭上已發過誓——」

「不必激動，我的感覺是，您發的誓是假的。」

「你這是在威脅我？哼！我什麼也不怕，我已經被證明無罪了。」

「確實如此。我不是個沒有常識的人，也不是威脅要將您送上絞架，我只是說我會公開祕密，昭告世人！我看得出您不喜歡這句話。我有種感覺，您是不會喜歡引起公眾注意的。先生，請靜下心來，您唯一的機會就是對我開誠布公，毫無隱瞞。我並不想知道您是奉誰的祕密使命到英國來，但我知道，您來見福斯卡蒂尼伯爵是懷有特殊目的，這就足夠了。」

「他不是一個伯爵！」那個義大利人憤怒地咆哮道。

「我已經注意到這一點。他的名字沒被收入《歐洲貴族家譜年鑑》。不必介意，伯爵這個頭銜，在訛詐、勒索的行業裡是十分受用的。」

「我想……我還是對你坦白的好，你好像知道很多事情。」

「我會好好利用我的智慧。說吧，阿斯卡尼奧先生。您在星期四上午拜訪了死者，是不是真的？」

「是的，但是第二天傍晚，我根本沒去那兒，根本沒那必要！我會將所有事情全都告訴你。這個惡棍掌握了一位義大利政要的某些情報，他索求一大筆錢來換回那些情報。我來英國就是為了處理這件事。那天上午，我如約去拜訪他，義大利使館的一位年輕祕書陪我一同前往，雖然我當時付給了他一筆數目非常大的金錢，他本人表現得比我想像的要理智，他收下了。」

「請允許我問一下，你們的付款方式是什麼？」

「給他的是義大利現鈔。我當時就將錢付給他了，他當面將那些情報交給了我。從那次以後，我就再沒見過他。」

「當您被捕的時候，為什麼不把這些講出來？」

「我的職務很敏感，我必須否認我和那人有任何聯繫。」

「您怎麼理解那天晚上所發生的事情呢？」

「我只能說，一定是有人故意假冒我的名義進行了謀殺，所以我早就知道，在那房子裡是找不到錢的。」

白羅看看他，搖了搖頭。

「真奇怪，」他低聲說，「我們都具有聰明才智，可是很少有人知道該怎樣運用它們。再見，阿斯卡尼奧先生，我相信您所說的話，這和我想的很吻合，但我必須找到證據。」

鞠躬之後，客人退出了房間。白羅又回到他的搖椅上坐下來，微笑地看著我。

「讓我們聽聽海斯汀上尉對此案的見解吧。」

「好吧，我認為阿斯卡尼奧是對的，他說有人那天晚上假冒了他的名義犯罪。」

「根本不是，你從來不曾好好利用仁慈上帝所賦予你的聰明智慧。想一想那天晚上離開那房子時我對你說的話吧。當時，我說窗簾沒拉上。我們現在的季節是六月，晚上八點的時候，天還很亮，一直到八點半，天色才會慢慢暗下來，這說明了什麼呢？我想，總有一天你會明白。接著再看那個案子，像我說的那樣，那杯咖啡很濃，顏色很黑，福斯卡蒂尼伯爵的牙齒卻白得驚人，黑咖啡會給牙齒染上顏色的。由此，我們可以推斷，福斯卡蒂尼伯爵根本就沒喝過咖啡。然而，三個杯子裡都有咖啡，而且都被喝了一些，為什麼有人要製造這樣的假象，在福斯卡蒂尼伯爵根本沒喝咖啡的情況下，讓別人相信他喝過了呢？」

我搖了搖頭，對這一切仍是迷惑不解。

「接著想，我來幫助你。我們有什麼證據證明阿斯卡尼奧和他的朋友，或者是那兩個冒名頂替的人，在案發的那天晚上確實到過房間裡呢？沒有一個人看到他們進來過，也沒有人看見他們出去。我們只有一個人的證詞和一大堆毫無生命力的東西。」

「你的意思是？」

「我的意思是指那些刀子、叉子、杯子和空盤子。啊，這是個很聰明的主意！格雷夫雖是個盜賊、惡棍，但他是個做事多麼有條理的人啊！那天上午他偷聽到了一部分的說話內容，好些內容使他意識到福斯卡蒂尼如果公開他的行為，就會處於非常尷尬的境地。第二天晚上大約八點，他告訴主人說有人給他打電話，福斯卡蒂尼就坐到了寫字檯旁，伸出手去接電話。這時候，格雷夫從他身後，用大理石雕像將他砸倒。接著，他迅速撥通電話，預訂三個人的晚餐。晚餐送下來的時候，他擺好桌子，放好盤子，擺上刀、叉等等，但他又不得不吃掉一些餐點。他不僅是個頭腦聰明、很有條理的人，他的胃口也大得驚人。在吃了三份餐點之後，那些米飯和蛋奶酥他再也吃不下去了，他甚至還抽了一支雪茄和兩根香菸，以便製造假象。啊，這一切做得很高明。然後，他將鐘的指針撥到八點四十七分，並將它打翻在地，讓它停了下來，他沒有做對的一件事就是沒有拉上窗簾。如果確實舉行過晚宴，天色一暗，就該將窗簾拉上，但他忘了這一點。然後，他急匆匆地走了出去，對開電梯的人說有客人來了。之後，他匆忙趕到一個電話亭，在將近八點四十七分的時候，假裝是他主人垂死的呼救聲，撥通了醫生的電話。他的點子如此高明，做得如此漂亮，根本就沒人想到要調查那個電話是不是及時從十一號房間裡打出來的。」

「我的看法是，只有赫丘勒．白羅才會產生這樣的疑問吧？」我不無挖苦地說道。

「不只是赫丘勒．白羅，」我朋友的臉上露出了笑容。「我現在就開始調查。首先，我先向你證實我的想法，但是你會知道我是正確的。然後，傑派就可以逮捕那位可敬的格雷夫。我已經向格雷夫做了暗示，不知道他已經將那筆錢揮霍掉了多少。」

白羅的確是對的。他總是對的，該死！

11

神祕的遺囑

Poirot Investigates

接到維奧萊特・馬什小姐向我們提出的問題，使我們的日常工作有了一個愉快的改變。白羅接到這位女士那張書寫得龍飛鳳舞、商業口吻十足的便條——她要求約見白羅。白羅答應了，並請她第二天十一點到我們這裡來見面。

她準時赴約——高䠷的身材，端莊大方的臉龐，衣著樸素而整潔，給人一種幹練、有條理的印象。很顯然，這是一個在社會上闖蕩過、見過世面的女人。我對這種所謂「新女性」不敢有太多恭維，儘管她還算得上漂亮，但我還是很難對她產生什麼特殊好感。

「我的事情有點不同尋常，白羅先生。」她落坐後說道，「我最好是從頭開始講起。」

「我洗耳恭聽，小姐。」

「我是個孤兒。父親有個兄弟，他們是德文郡一個小農場主人的兒子。農場並不肥沃，年長的伯父安德魯移民到了澳大利亞。他在那裡做得很出色，成功地經營土地，變成了一個很富有的人。我的父親羅傑對農業不感興趣，他努力使自己多接受教育，並刻苦自學，最後他在一家小公司裡謀到了一個職員的位置；他妻子（我母親）的家庭地位略高於他：我媽媽是位貧窮藝術家的女兒。在我六歲的時候，父親去世了。在我十四歲那年，媽媽也隨他而去。當時，我唯一的在世親人就是我的伯父安德魯。當時他剛從澳大利亞回來，在他的出生地買了一小片地——蘋果莊園。他很喜歡我，並將我照顧得無微不至，他讓我和他一起住在蘋果莊園，待我就像是他的親生女兒一樣。

「蘋果莊園，儘管它的名字很好聽，實際上，它只是一座舊農莊。經營農田是伯父根深柢固的觀念，他對各種各樣的現代化農業設備特別感興趣。儘管他待我很好，但在對女人的教育培養上，他有些頑固的思想。他自己是個受教育很少或可說根本沒受過教育的人，雖然他做事很精明能幹，卻看不起所謂的書本知識，尤其反對女人接受書本知識。在他看來，女孩子就該學做些實用的家務或日常的瑣碎事務，應該對家庭有用而盡量遠離書本。他按照自己的這種思想培養我、教育我，讓我感到很不服氣。我公開對此表示反抗，我知道我有一個好腦子，但對家務毫無天賦。我的伯父和我雖然相互關心，關係很是親密，但都是個性很強的人。為此，我們發生過很多次爭執。我很幸運地得到了一份獎學金，而且在某種程度上，可以說是成功地按照我自己的想法選擇了我的人生道路。當我下定決心要到格頓去的時候，我們的衝突升到了極點。我自己有一筆數目很小的存款，那是我媽留給我的，我也下定決心要充分利用上帝賜予我的才華。為此，我和伯父發生了長時間的爭執。九年前的某個週末，我和伯父進行了最後一次爭辯，他將事實很明白地擺到我的面前：他沒有別的親人，他打算讓我做他的唯一繼承人。就像我已經告訴過您的那樣，他是個非常有錢的人。然而，如果我固執己見，就別指望從他那裡得到任何東西。我盡量保持禮貌，但我決心已定，我對他說，我對他感情很深，但我必須走自己的人生道路。我們分手時他說：『動動你的腦筋想想吧，我沒有受過任何書本教育，儘管如此，無論什麼時候，我都願用自己的腦子和你的智慧較量一下，我要看看，到底誰輸誰贏！』

「我們的關係一直很融洽，雖然他的觀點絲毫不曾改變，他從不提起我被大學錄取的事情，對我獲得學士學位的事也無動於衷。最近三年，他的身體健康每下愈況。一個月前，他去世了。

「現在，我來談一談此次拜訪的目的。我的伯父留下一份非常奇怪的遺囑。根據遺囑的規定，蘋果莊園，還有莊園的所有收入，從他去世之日起的一年內由我處分——『在此期間，我聰明的侄女要證明自己的聰明才智』——這是他的話。一年過後，『如果證明我比她更聰明的話』，房子，還有我伯父所有的那一大筆遺產，將被遺贈給各種慈善機構。」

「這樣對您來說有點太狠心了，因為您是馬什先生唯一有血緣關係的親人。」

「我並不這樣認為，安德魯伯父事先已經多次警告過我，他這樣做是很公平的。只是我還是選擇了自己的道路。既然我不願意按照他的意願行事，他就有很充分的理由將自己的錢按照他喜歡的方式留給任何人。」

「那份遺囑是律師起草的嗎？」

「不，它是寫在一張遺囑表上，由住在蘋果莊園裡的一對夫婦做證人；這對夫婦一直負責照顧伯父。」

「這樣是可以宣布這份遺囑無效。」

「我不願意這樣做。」

「這麼說，您是將它看成您伯父對您的公正挑戰了？」

「這正是我的看法。」

「這樣，當然是需要另一種做法了。」白羅沉思著說，「在這所老宅院裡，您的伯父一定在什麼地方藏好了一筆現金；要嘛就是他在什麼地方藏有另一份遺囑。他給您一年的時間來考驗您的智慧，讓您在此期間找到它們。」

「沒錯，白羅先生。我來拜訪您是出於對您的敬佩，相信您的智慧比我高超多了。」

「啊哈！不過您這樣做十分明智。我的非凡智慧就要為您效力了，難道您自己就沒做過什麼搜查嗎？」

「只是倉卒地搜查過一遍，不過，我對伯父的能力懷有由衷的敬意。我不認為這是件容易的事。」

「您是否將那份遺囑或副本帶來了？」

馬什小姐將一份文件遞到了桌子這邊，白羅看了一遍，自己點了點頭。

「這份遺囑是三年前立下的，日期是三月二十五日，時間也標示了出來，上午十一點——這倒是很耐人尋味。這樣，調查的範圍就縮小了。必定還有另外一份遺囑，我們必須找到它。即使是半個小時以後立下的另一份，也足以使這份無效。好了，小姐，您擺到我面前的這道難題很有挑戰性，它需要我大動腦筋。我願意竭誠為您效力，為您圓滿地解決這一難題，儘管您的伯父是位能力非凡的人，但他的智慧也不可能超過白羅！」

說實話，白羅的自負向來是毫不掩飾！

「幸運的是，目前我手頭並無重要的事情要做，我和海斯汀今晚就動身到蘋果莊園去。

照料您伯父的那對夫婦一定還在那裡吧？」

「是的，他們是貝克夫婦。」

第二天上午，我們開始了搜索行動。我們是前一天晚上很晚的時候才抵達蘋果莊園。貝克夫婦已經事先收到了馬什小姐的電報，他們正在為迎接我們做準備。這對夫婦都是隨和的人。丈夫皮膚粗糙，面頰紅潤，就像存放過久而萎縮起皺的甜蘋果；妻子身體粗壯龐大，神情鎮定。

我們下火車後，又坐了八英里的汽車才到達蘋果莊園。由於旅途勞頓，在用過烤雞、蘋果派和德文郡的奶油之後，立刻上床就寢。

現在，我們剛剛用完豐盛的早餐，正坐在一個很小的房間，這是馬什先生生前的書房兼起居室。書桌上堆滿了各種文件，一捆一捆靠著牆擺放，非常整齊；一張碩大的皮革搖椅，清楚地表明這是它的主人經常來休息的地方；桌子對面靠著牆放著一排印花棉布罩十分破舊的小沙發；緊靠窗戶下面的那排座椅也罩著同樣的褪色印花棉布罩，樣式很古老。

「啊，我親愛的朋友，」白羅點上一根香菸，對我說道，「我們必須按計畫行事，雖然我已經粗略地觀察了這所房子，但我認為，在這所房子裡還是會發現有用的線索。我們得很仔細地檢查一遍書桌上的這些文件、紙張，當然，我並不指望能在這裡面發現那份遺囑，可是，那些明顯無用的紙張很可能會掩蓋真正藏遺囑的地方，它們會為我們提供找到遺囑的線索。但是首先，我們必須了解一些情況。請你搖一下鈴。」

我照他說的搖了鈴。等著有人聽到鈴聲上來的時候，白羅正在房間裡來回踱著步，用充滿贊許的目光打量著周圍。

「這位馬什先生是位辦事極有條理的人，你看看，這些文件疊得多麼整齊規矩呀；還有每個抽屜鎖插著的鑰匙上都貼有象牙色小標籤；靠牆放著的那個瓷器櫃的鑰匙上，也貼著這樣的標籤。瓷器櫃裡的瓷器擺得多麼井然有序呀，它看起來使人賞心悅目。這裡沒有一樣東西安排得不合條理。眼睛無論向哪兒看，都感覺很舒服——」

他說著，突然停了下來，眼睛停在這張書桌的鑰匙上，這把鑰匙上套著一個髒兮兮的封皮。白羅看了，皺了皺眉，將鑰匙從鎖中取了下來。在封皮上有一行很潦草的字跡：「卷蓋式書桌的鑰匙」。這與其他鑰匙上整潔清晰的字跡迥然不同。

「奇怪的字跡。」白羅皺著眉說道，「我敢發誓，這絕不是馬什先生一貫的做法。但還有誰到過這個房間呢？只有馬什小姐。如果我沒搞錯，這位女士做事也是非常有條不紊。」

貝克聽到鈴聲走了進來。

「您可以將您的妻子也叫來嗎？我想問你們幾個問題。」

貝克又出去了。過了一會兒，他和妻子一起回來，貝克太太邊走邊在圍裙上擦著手，臉上閃著興奮的光芒。

用不了幾句話，白羅便講清楚他這次來的使命，貝克夫婦立刻表示同情。

「我們不希望看到維奧萊特小姐失去她應得的東西，」這個女人明確表示，「如果讓那些慈善醫院得到這些財產，那是非常殘酷的——我是說對馬什小姐來說。」

白羅開始提問了。是的，貝克先生和太太很清楚記得為那份遺囑做過見證人。貝克還按照吩咐到附近的鎮上去買了兩份遺囑表格。

「兩份？」白羅敏銳地問道。

「是的，是的，我想是為了安全起見吧。萬一他把哪張給用壞了——可以確定的是，後來他真的寫壞了一張。我們在一份遺囑上簽了名——」

「那是在什麼時候？」

貝克搖了搖頭，但他的妻子比他反應更快。

「啊，確切地說，是十一點，我剛剛把牛奶放到可可粉裡，你不記得了嗎？我們重新回到廚房裡的時候，它們都已煮開，從爐子上溢出來，弄得到處都是。」

「後來呢？」

「大約一個小時後，我們又被叫去了。『我搞錯了，不得不撕了重來。這得麻煩你們再簽一次名。』於是，我們就照辦了。之後，主人給了我們每人一份數目可觀的錢。『在我的遺囑中，我什麼也沒留給你們，但只要我活著，你們每年都可得到這樣一筆錢作為儲備金。』他的確這樣做了。」

白羅想了想。

「你們在簽了第二次名之後，馬什先生又做了些什麼，你們知道嗎？」

「出去到村裡買材料了。」

這好像沒什麼幫助，白羅又試著從其他角度談這個問題。他拿出了書桌上的那把鑰匙。

「這上面是你們主人寫的字嗎？」

可能是我多想，不過我看到貝克猶疑了一下子才答道：「是的，先生，這是我們主人寫的。」

「他在撒謊。」我心裡想，「但他為什麼要這麼做呢？」

「你的主人讓別人進來過嗎？在過去的三年裡，有沒有生人進過這間房子？」

「沒有，先生。」

「有沒有客人來？」

「只有維奧萊特小姐。」

「任何陌生人都沒進來過嗎？」

「是的，先生。」

「你忘了那些做工的人，吉姆。」他的妻子提醒說。

「做工的人？」白羅轉過頭來問她，「做什麼工？」

這個女人解釋說，大約在兩年半前，馬什先生叫來了一些工人，對這房子進行一些整修，她搞不清到底整修了什麼。她的看法是：為房子做整修，是他主人一時突發的古怪念頭，其實完全沒必要，那些修房子的人在書房裡工作了一段時間，但究竟做的是什麼，她就不知道了。因為在整修期間，主人始終不讓他們走進那個房間。不幸的是，他們現在誰也記不清受雇來整修的那家公司的名字，只記得那家公司是在普利茅斯。

「我們有進展了，海斯汀。」當貝克夫婦離開房間後，白羅搓著他的手說，「很明顯，他立了第二份遺囑，然後，就從普利茅斯請來維修工人，把它放在一個隱蔽的地方。與其浪費時間撬開地板，掏空牆壁，我們還不如去普利茅斯走一趟。」

只費了一點兒周折，我們就得到了想要了解的情況。我們找到了曾經受雇於馬什先生的那家公司。他們的雇員都在公司做了很多年，所以，我們很容易就找到那兩個按照馬什先生吩咐整修書房的工人。

他們非常清楚記得那件事，在他們做了各種各樣的工作後，他們撬開了那個老式壁爐的一塊磚，把壁爐挖空做了一個洞，然後將磚塊又裝了回去。當時做得非常仔細，所以幾乎看不出來那磚與壁爐間的接縫。他們又從壁爐底部壓上一塊磚，整個事情才算完成。那是件相當難做的工事，那個老先生非常挑剔。向我們講述這件事情的人叫果剛，是個身材魁梧、長著花白鬍鬚、看上去有點聰明的傢伙。

我們返回蘋果莊園，情緒高漲，趕忙打開書房的門，根據我們最新得到的情報，開始我們的行動。在磚上看不出任何重新動過的痕跡，但是當我們仔細按照那工人的說法，小心翼翼搬掉一塊磚的時候，一個深洞立刻出現在我們面前。白羅迫不及待地將手伸進去，但臉上洋洋得意的神情卻突然一下變得驚愕不已，轉而變為垂頭喪氣。他抓出來的只是燒成灰燼的碎紙片，除此之外，那洞裡空無一物。

「可惡！」白羅憤怒地叫道，「有人搶在我們前面下手了。」

我們焦急地查看了那張燒成灰的碎紙片，很顯然，它正是我們急於尋找的那份遺囑的殘骸，上面還留有貝克簽名的一部分，但遺囑的條款不見了。

白羅一下子雙腳癱倒在地。如果我們不是這麼震驚，他的表情還真令人覺得好笑呢。

「我不明白，」他低聲吼道，「到底是誰毀了這份遺囑呢？他們的動機是什麼？」

「會不會是貝克夫婦？」我說出了我的猜測。

「為什麼？這樣做他們得不到任何好處。與其這地方變成一所醫院的財產，他們反倒更願意它能歸屬馬什小姐所有。毀掉這份遺囑對誰會有好處呢？那些慈善醫院……是的，但是我們不應該懷疑慈善機構。」

「或許是那個老人改變了主意，自己把遺囑毀掉了。」我又猜測道。

白羅站了起來，帶著他一貫的小心撣去了膝蓋上的塵土。

「有可能，」他承認道，「這是你一個稍顯明智的想法，海斯汀，好了，我們在這裡沒什麼可做的了。我們已經盡了全力，成功地運用我們的智慧和這位安德魯老先生做了較量。但不幸的是，他的侄女不會因我們的成功而受益。」

我們立刻驅車趕往車站，剛巧趕上去倫敦的一列火車——儘管它不是特快車。白羅顯得很難過，很不滿意。至於我呢，我疲憊不堪，縮在一個角落裡打盹。突然，就在我們剛剛要駛出車站的時候，白羅厲聲尖叫起來。

「醒醒，海斯汀！醒醒，快！我們跳下去！」

我還沒搞清楚究竟是怎麼回事，我們已經站在月台上了。禮帽和旅行袋都丟在車上，火車已經消失在夜色之中，我非常憤怒，可是白羅卻毫不在意。

「我是個傻瓜！」他喊道，「一個十足的傻瓜！我再也不吹噓我的小聰明了！」

「不管怎麼說，你做得還不錯，」我惱怒地說，「可是現在，這到底又是怎麼回事？」

像往常一樣，白羅只顧按照他的主意行事，對我的話絲毫不在意。

「商人的帳本……我怎麼沒想到這一點？是的，但它在哪裡呢？不要急，我不會弄錯的。我們必須馬上趕回去。」

說是容易，做起來就難了。我們好不容易搭上一輛慢車，趕到了埃科斯特。在那兒，白羅叫來了一輛計程車。當我們趕回蘋果莊園時，已是破曉時分。叫醒了貝克夫婦後，我可以看得出他們那滿臉的迷惑。白羅沒對任何人做任何解釋，便匆匆邁步進了書房。

「我不但是個十足的傻瓜，而且是個百分之百的傻瓜，我的朋友，」他還在不斷地說，「看這兒！現在我終於找到它了！」

他逕直走到書桌旁，拿出那把鑰匙，將上面的信封解了下來。我呆呆地望著他。他怎麼可能冀望在這麼小的一個信封裡，找到一張那麼大的遺囑表格呢？他極為小心地切開那個信封，把它放平，攤開。然後，他點亮一根火柴，將信封上沒有寫字的空白面，對準火苗。

過了幾分鐘，模模糊糊的字跡逐漸顯露了出來。

「看呀，我親愛的朋友！」

白羅發出了勝利的歡呼。

我看到了。上面出現了幾行模糊的字跡，簡要地說明他將他所有的遺產都留給侄女維奧萊特．馬什。時間是三月二十五日中午十二點三十分，證人是艾伯特．派克，甜食店老闆；婕西．派克，已婚婦女。

「但這合法嗎？」我喘著氣問道。

「眾所周知，沒有法律會反對你用隱形混合墨水書寫你的遺囑。立遺囑人的意圖是很明顯的，受益人是他唯一在世的親人。但他預見到了搜查遺囑的人所要走的每一步。而我，我這個十足的傻瓜，就一步一步地上了他的圈套。他拿到兩份遺囑表格，讓僕人簽了兩次名。然後，帶上他寫在一張髒信封裡面的遺囑和裝有隱形墨水的鋼筆出門去了。他編了一個藉口，讓甜食店的老闆和他的妻子在自己的親筆簽名下，簽上了他們的名字。然後，他將這個信封摺起來，繫在他的書桌的這把鑰匙上，自己得意地看著，暗自咯咯地發笑，如果他的侄女看穿了他的小把戲，她就等於證明了她的人生選擇是正確的，她所受的教育也是足夠的，因而就理所應當繼承他的財產。」

「她並沒有識破它，對吧？」我慢慢地說，「這好像是極不合理，實際上是那位老人贏了。」

「不，海斯汀，你的腦筋又轉錯彎了。馬什小姐把這件事立刻交給我來處理，這就證明了她的聰明才智以及婦女接受教育的重要。人們處理重要事務本來就該雇請一流的專家來幫忙。她的智舉足以證明她有資格得到那筆錢。」

我對白羅的宏論驚嘆不已——非常驚奇，不知九泉之下的老安德魯．馬什，對此會做何感想。

專文推薦

藏在日常細節中的冒險

楊照（作家）

一開始，就都在那裡了。

一九二〇年，阿嘉莎．克莉絲蒂出版了《史岱爾莊謀殺案》，神探白羅就已經退休了。而且在這個案子裡，藉由敘述者海斯汀的轉述，就鋪陳出克莉絲蒂小說最基本的偵探原則：

「那些看來或許無關緊要的小細節……它們才是重要的關鍵，它們才是偉大的線索！」

「豐富的想像力就像洪水一樣，既能載舟亦能覆舟，而且，最簡單直接的解釋，往往就是最可能的答案。」

「沒有任何謀殺行為是沒有動機的。」

還有，一個不討人喜歡的死者，一群各有理由不喜歡死者、因而也就都有殺人動機的人，這些人彼此之間構成複雜的關係，有的互相仇視，有的互相愛戀，麻煩的是，有些愛人其實貌合神離，有些仇人其實私下愛慕；更麻煩的是，不論是愛或是仇，都有可能是扮演出來的。

一個外來的偵探必須周旋在這些嫌疑者之間，從他們口中獲取對於案情的了解，換句話說，他必須在很短的時間內，搞清楚誰是誰、誰跟誰吵架、誰跟誰偷情，然後判斷誰說的哪一句是實話、哪一句是謊言。常常謊言比實話對於破案更有幫助。

再偷偷透露一下，如果要和小說裡的凶手及小說背後的作者鬥智，就像克莉絲蒂對英國社會的了解，祕訣就在於要去追究小說裡的人物背景，尤其是他們的階級地位。基本上，階級地位愈高、權力愈大、愈有錢者，說的話就愈不要相信。例如在《史岱爾莊謀殺案》中，僕人、園丁說的話遠比有頭有臉的人說的要可信多了。就算要說謊，他們的謊言也比較天真，而且往往出於善良動機。當你歸納線索時，就會知道他們並非故意說謊，那是因為他們的認知受到蒙蔽或誤導，而你慢慢就從這蒙蔽或誤導中被引導到真相。

《史岱爾莊謀殺案》出版那年，克莉絲蒂三十歲，但書稿其實早在五年前就寫好了，畢竟要找到有人願意出版一個看來再平凡不過的家庭主婦寫的小說，並不是那麼容易。

所有和克莉絲蒂接觸過的人，都對於她的「正常」留下深刻印象。她看起來就和她那個年紀的典型英國家庭主婦一樣，害羞、靦腆，只能在社交場合勉強跟人聊些瑣事話題，完全無法演講，甚至連只是站起來對眾賓客說幾句客套話，請大家一起舉杯，她都做不到。她不演講，也很少答應接受採訪，就算採訪到她也很難從她口中得到有趣的內容。她會講的，幾乎都是記者本來就知道、或者自己就可以想得出來的。

例如說白羅這個神探的來歷。克莉絲蒂回答：他應該是個外國人，這樣就能在英國日常生活中看出英國人自己看不出的線索。她自己碰過的外國人，只有第一次大戰剛爆發時到英國避難的比利時人。比利時警察怎麼能跑到英國來？那一定是因為他已經退休了。他有潔癖，所以對於現場會有特殊的直覺，馬上感受到不對勁的地方。一個有潔癖的人，好像應該長得矮小些才相稱，一個矮小有潔癖的人最適當的名字，就是希臘神話裡的大力士「赫丘勒斯（Hercules）」，製造出荒唐的對比趣味。那白羅這個姓是怎麼來的呢？克莉絲蒂很誠實地說：「我不記得了。」

一切都如此順理成章，一切都如此合邏輯，不是嗎？有記者問她怎麼看自己的舞台劇〈捕鼠器〉，創下了英國劇場、甚至全世界劇場連演最多場紀錄的名劇？克莉絲蒂的回答也還是中規中矩，合理合節：那是一齣小戲，在一個小劇院演出，成本很低，任何人想到了都可以帶家人或朋友去看，老少咸宜，並不恐怖，也不特別荒謬打鬧，可是又什麼都有一點，包括恐怖和荒謬打鬧的成分。

她的身上找不出一點傳奇、怪誕色彩，那她為什麼能在五十年間持續寫偵探小說，創造了那麼多謀殺，還創造了那麼多詭計？

首先因為她是女性，以及她的身世，包括她的階級身分，使得她在描寫故事場景時比一般男性作者來得敏感。因為在她之前的偵探推理小說男性作家的階級身分都是高高在上，基本上他們會從較高的角度看社會，比較看不到底層的感受。

而她的婚變以及婚變中遭逢的痛苦，都使她更能體會與觀察，將英國社會的複雜細節融入小說的核心情節，讓探案與線索分析結合在一起。

克莉絲蒂一生結過兩次婚，第一次在一九一四年，婚後不久，丈夫就參加了歐戰，是英國皇家空軍最早一批飛行員。一九二六年，這個丈夫有了外遇，直率地向克莉絲蒂要求離婚，在那之前，克莉絲蒂的媽媽才剛過世，雙重打擊之下，又遇到車子無法發動，克莉絲蒂崩潰了，她棄車而走，忘記了自己究竟是誰，躲進一家鄉間旅館，登記時寫了她心裡唯一有印象的名字——她丈夫情婦的名字。

離婚後，一次在晚宴中，有人提起近東烏爾考古的最新收穫，克莉絲蒂就取消了原定要去西印度群島的計畫，改訂了跨越歐洲到君士坦丁堡的「東方快車」，是的，就是這趟旅程給了她寫《東方快車謀殺案》的靈感。不過更重要的是，在烏爾，她認識了一位年輕的考古學家，比她小十四歲，這個人後來成了她的第二任丈夫。

這位考古學家陪她去參觀在沙漠中的烏克海迪爾城，卻在沙漠中迷路困陷了。幾小時中克莉絲蒂卻沒有一點驚慌不安，當下考古學家就決定要向她求婚。

原來，克莉絲蒂的內心是有這種冒險成分的。要不然她不會兩次選到的，都是喜愛冒險的丈夫，而她本身大概也不會吸引一個在各種危險情境下挖掘古代寶藏的人，讓他願意向一個大他十四歲的女人求婚。

這樣說吧，維多利亞時代後期的英國環境，壓抑限制了克莉絲蒂冒險、追求傳奇的內在衝動，她只好將這樣的衝動寄託在丈夫和寫作上。她一邊陪著第二任丈夫在近東漫走，一邊在小說中寫各式各樣的謀殺與探案。謀殺和探案都是冒險，還有，偵探偵查中做的事——蒐集線索，還原命案過程——其實和考古學家的考掘，如此相似！

克莉絲蒂寫得最好的，正是「藏在日常中的冒險」。她個性中的雙面成分，造就了特殊的偵探魅力。既嚮往非常傳奇，卻又有根深柢固的日常邏輯信念，兩者都在克莉絲蒂的小說中扮演了重要角色。她的謀殺案幾乎都和日常習慣緊密編織在一起，日常環境成了凶手最重要的掩護。有些日常規律明顯地被破壞了，讓我們很自然以為那會是謀殺的線索，沿著這些線索形成了閱讀中的推理猜測，然而白羅早就提醒了，真正重要的反而是那些「細節」，也就是看來像是依隨日常邏輯進行的事，或說藏在日常邏輯中因而不被看重的事，那裡要嘛藏著凶手的核心詭計、煙幕，要嘛藏著凶手致命的破綻。

凶案的構想，就是如何讓異常蓋上日常、正常的面貌，又如何故意將日常、正常予以扭曲，製造假象；那麼偵探要做的，就是如何準確地在日常中分辨出真正的異常，將假的、明顯的異常撥開來，找出細節堆疊起來的異常真相。

此外，克莉絲蒂的小說裡隱藏著極其曖昧的情感價值觀，最典型、最有名的就是《東方快車謀殺案》。透過追查過程，讓讀者知道為什麼凶手要訴諸於這種手段，其動機具有可同情之處，再加上克莉絲蒂對身分階級的觀察，她比較相信或讓讀者相信那些沒有權力、地位的人，隨著偵查節奏去認識可能或必須懷疑的人。克莉絲蒂最擅長營造「多重嫌疑犯」的小說特質，因為讀者在閱讀時必須被迫去認識很多不一樣的人。在她最受歡迎的作品，大概都具備這樣的特質。

當然，她的作品中還有兩個最突出的神探，即白羅和瑪波。白羅是比利時人，但為什麼必須是外國人？這是因為英國人具有高度階級意識，這種觀念一路滲透到所有互動細節，包括人與人之間如何說話。而白羅因為不是英國人，他會發現一般英國人不太看得出來的東西，以及兩個人互動的方法哪裡不正常。至於瑪波為什麼得是老太太？她一如那個年代的老人家，總是靜靜坐著打毛線，因為不起眼，自然讓人放鬆防備，所以瑪波探案的線索都是來自於這樣的互動模式。

然而，白羅有很明顯的優勢，瑪波的身分使她基本上只能進行「靜態」的辦案，案子的空間受到侷限，白羅卻可以跨越各種空間，恣意揮灑。而且白羅擁有警官身分，可以合理出現在各種犯罪現場，瑪波能出現的地方，相形之下就勉強、不自然多了。白羅是明白的outsider，在英國，只要他出現，就會覺得有外人在而感到緊張，於是很容易露出平常不會表現的行為；瑪波則看起來是insider，但實質上是outsider，因為總是沒人發現她、當她空氣人。這兩人的探案，是兩個極端。雖然讀者最愛白羅，但克莉絲蒂自己偏愛瑪波勝於白羅。

不管後來的偵探、推理小說發展了多少巧妙詭計，克莉絲蒂卻不會過時，因為她的推理如此密切地和日常纏繞在一起；活在日常中，我們就無可避免被克莉絲蒂的「日常細節推理」吸引，隨時讀來都充滿驚奇趣味。

名家盛讚克莉絲蒂（依推薦時間排序）

金庸（作家）

克莉絲蒂的寫作功力一流，內容寫實，邏輯性順暢，也很會運用語言的趣味。閱讀她的小說，在謎底沒有揭露之前，我會與作者鬥智，這種過程非常令人享受。其作品的高明之處在於：布局的巧妙完全意想不到，而謎底揭穿時又十分合理，讓人不得不信服。

詹宏志（作家、PChome 網路家庭董事長）

推理小說在從先輩柯南・道爾等人的發明中出現力量時，誕生了一位《天方夜譚》故事中每天說故事說個不停的王妃薛斐拉・柴德，也就是「謀殺天后」克莉絲蒂，整個世界對聽這些故事才有如此的熱情。他們捨不得睡覺，每天問後來還有嗎、還有嗎，永遠不肯離去，這就是克莉絲蒂對推理小說的最大貢獻。

可樂王（藝術家）

所謂「克莉絲蒂式」的推理小說，就是一場和一個天才的寫作者或高明的恐怖份子在紙上捕捉捉殺的戰事。即便是一列火車、一處飯店或一間酒吧，在克莉絲蒂寫來皆充滿神祕和猜謎。在人生適合的下午裡，我總是一面嚼著口香糖，一面跟著矮子偵探白羅穿梭謀殺現場，克莉絲蒂的推理作品無疑是推理世界中最充滿「魔術性」的小說。

吳若權（作家、節目主持人）

我從小就對推理小說情有獨鍾，克莉絲蒂一系列的作品尤其令我愛不釋手。多年來，閱讀推理小說的經驗讓我覺悟：讀者在文字情節中推展開來的驚嘆，不只是因緣於故事的本身，而是自我性格的投射。從這個觀點來看克莉絲蒂一系列的作品，她簡直就是洞徹人性的算命師。而讀者，在她的文字中，發現了自己無可奉告的命運。

藍祖蔚（國家電影及視聽文化中心董事長）

做過藥劑師，難免懂得毒藥；嫁給考古學家，難免也就嫻熟文明的神祕；再加上曾經失蹤九天，一切不復記憶的離奇經驗，的確提供了寫作靈感，但若少了想像力，那些片羽靈光縱使辛辣如辣椒，卻不足以成菜。

推理小說重布局、重人物描寫，克莉絲蒂最厲害的卻是犀利的人性觀察，她一手創造的白羅探長，潔癖個性完全和她相反，更將她所憎厭的人格特質集於一身，殊不知，唯有不對著鏡子寫作，才能夠跳出框架與制式反應，開闢無限寬廣的新世界，建構多面向的詭異迷宮。

看完她的小說，你只會更加訝異，到底是什麼樣的心靈才能成就這般視野？

李家同（作家、前暨南大學校長）

克莉絲蒂的整體布局十分細膩，最後案情也都講解得非常詳細，回頭去看，在書中都找得到線索。故事的情節與內容也很好看，不是像一個流氓在街上被殺掉那麼單調。……看小說應該要花腦筋、要思考，從小就要養成思辨的能力，看她的小說，就是對邏輯思考能力極佳的訓練。

袁瓊瓊（作家）

雖然被公認是冷靜理性的謀殺天后，但是在理性之下，克莉絲蒂的底色依舊是感情。克莉絲蒂很明白，所有的慾望之後，都無非是某種愛情。在以性命相搏的犯罪世界裡，凶手以終結他人的性命來遂私欲，不過是為了成全自己的愛，或者是成全自己的恨。

鄧惠文（精神科醫師）

以推理小說作家而言，克莉絲蒂的風格相當獨樹一格。她的偵探在辦案時，靠的不光是科學證據的搜集，而是大量運用犯罪心理學，及對人性的深刻了解。例如在《五隻小豬之歌》中，白羅便是藉由聽取嫌疑犯訴說案情時所不自覺顯露的主觀意識及中心思想，而看出其中破綻，找出真凶。白羅是靠腦袋辦案，以心理層面去剖析案情，即使人們敘述的是同一件事，他可以聽出不同角色因出發點及看待角度不同所透露的情緒觀感，從而抽絲剝繭，還原事實真相。

克莉絲蒂所塑造的人物也生動且各具特色，不同個性所出現的情緒反應描寫，皆細膩而準確，讓讀者產生豐富的想像空間，一展卷便欲罷而不能。

吳曉樂（作家）

克莉絲蒂使用的語言平易近人，主要是以角色與情節的對應來斧鑿出故事的深度，堆疊出讓讀者回味的迂迴空間。而她筆下的角色往往性別、階級、性格、族群各異，塑造出多元又豐富的人物群像。

文學作品不問類型，若要流傳於世，最終仍得上溯至「人性」的理解與反思。而阿嘉莎．克莉絲蒂的作品中，我們可以看到人類屢屢得和自己的人生討價還價，或千方百計讓主觀意識與客觀條件達成某種程度的整合，讀者在重建人物的心理軌跡時，也見識到自身的是非成敗，我認為，這也是克莉絲蒂的作品能夠璀璨經年、暢銷不衰的主因。

許皓宜（心理學作家）

克莉絲蒂筆下的故事看似在談人性的醜惡，實則像一位披著小說家靈魂的心靈引導者，用她的文字訴說著人們得不到「愛」時的痛苦。於是在故事終了的剎那，你不得不對人生多了幾分「看透感」：原來，我們心裡的那些痛苦、報復與自我折磨的慾望，不是因為「憤恨」，而是起於對「愛的失落」。這或許是我們在情感世界中最珍貴且深刻的一種覺察了。

推理小說荒謬驚悚嗎？不，它其實很寫實。它幫我們說出心裡的苦、怨、醜陋的慾望，於是，我們可以重新學習愛了。

一頁華爾滋 Kristin（影評人）

從有記憶以來，閱讀克莉絲蒂最迷人之處往往不在真正的凶手是誰，而是在於「Why」（為什麼）與「How」（如何進行），在於人性與心理描摹的故事肌理。依循其書寫脈絡，會發覺不只是邏輯清晰、布局縝密、著重細節，她總能完美掌握敘事節奏，書中人物彷彿真實存在般鮮明躍然紙上，讀者情緒會隨精準文字保持流轉、跳動、收放，掩卷時並無太多真相水落石出的暢快，反倒淡淡的惆悵化為餘韻襲上心頭，原來還是種種意料之外，卻屬情理之中的人性盲目使然。私以為，那成就了克莉絲蒂的推理故事之所以無比迷人的主因之一。

冬陽（推理評論人）

雖然阿嘉莎．克莉絲蒂的作品並非我的推理閱讀啟蒙，卻是養成閱讀不輟的重要推手。首先，她無庸置疑是個說故事能手，打開我名為好奇的開關；其次是設計犯罪事件的巧妙多元，既日常又異常，凶手更是叫人意想不到。沒錯，我相信每個當讀者的都忍不住想破案，想早偵探一步識破詭計，或者像考試結束鈴響前一秒，瞎猜都要指著某個角色大喊「你就是犯人」！然後會忍不住作弊——不是翻到最後幾頁窺探真凶身分，而是往前翻查讓人起疑的段落、偵探顯然掌握重要線索的時刻，直到忍不住豎白旗投降，看神探（我知道啦，真正把我要得團團轉的聰明人是作者）頭頭是道地分析我遺漏錯置的片片拼圖，終於看清真相全貌。這，就是偵探推理，我因此熟悉遊戲規則、沉醉在每一場迷人故事裡，成為這個類型書寫的俘虜，享受至今不疲的美好滋味。

石芳瑜（作家、永樂座書店主）

布局細膩、處處留下線索，破案解說詳細，說明了這位安靜、害羞的推理小說女王心思縝密，且充滿想像力。密室殺人，完美犯罪，《東方快車謀殺案》不愧為古典推理小說的經典。再加上神祕的東方色彩，隨著火車抵達的迫切時間感，連非推理小說迷都會神經拉緊，讀完大呼過癮。

家庭主婦缺少人生經驗？處女座的阿嘉莎．克莉絲蒂充分展現她過人的寫作天分，靠得是從小開始的閱讀，以及對偵探小說的著迷。三十歲寫下第一本偵探小說《史岱爾莊謀殺案》的克莉絲蒂，在那個時代並不能說是「早慧」，但寫作生涯五十五年中，共創作了八十部偵探小說，卻令人難以企及。這位害羞靦腆的小說女神，大概是相信只要有足夠的理由，每個人都有殺人的可能！

余小芳（暨南大學推理研究社指導老師、台灣推理作家協會常務理事）

學生時代加入推理社團，社課指定讀物便是經典作品《一個都不留》，成為我對克莉絲蒂的初步印象，自此沉浸於推理小說的世界。隔年寒假陪同學參與轉學考，在斜風細雨的走廊中，滿足讀完《東方快車謀殺案》。隨著歲月遠走，已昇華成趣味回憶。

踏入推理文學領域需要認識的作家，阿嘉莎．克莉絲蒂絕對名列其中，她的作品常有英國小鎮風光、莊園式的謀殺、設備豪華的交通工具等，還有特色鮮明的偵探活躍其中。書中少有血腥、暴力的橋段，布局巧妙且結構嚴密，手法純粹、知性，故事內容與人物性格融為一體，以高超的想像力結合說好故事的能耐，為推理小說開創新局面。克莉絲蒂推理全集重編改版，值得新舊讀者一起探索。

林怡辰（國小教師、教育部閱讀推手）

多年後，還是難忘第一次閱讀阿嘉莎．克莉絲蒂作品的感動和激動。

這套將近一世紀的作品，文筆流暢，邏輯縝密，過程中不斷與作者較量、猜出凶手，直到最後解答不禁佩服，蛛絲馬跡處處展現作者的精妙手法，於是又拿起另一部作品，再次沉溺在謀殺天后所編織的日常世界中的奇幻，無可自拔。犯罪動機和手法穿越時空限制，如今讀來合理且依舊令人感動，閱讀中趣味橫生，難怪成為後來諸多偵探小說的原型。

克莉絲蒂創作生涯中產出的八十部推理作品，至今多部躍上大銀幕，無怪乎被稱之為「經典」，喜愛推理偵探作品的人不可不讀，你會驚異於她在文字中施展的魔法！

張東君（推理評論家、科普作家）

我愛克莉絲蒂！這位在台灣有時會被稱為克奶奶的超級暢銷推理小說家，即使是自認沒讀過她的書的人，也都會在各種書籍或影視作品中看到對她致敬的片段。由於她喜歡旅行和冒險，那些經驗與體驗都成為書中的場景，因此閱讀她的作品時，不只是雀躍地跟著偵探推理，也有了虛擬的旅行體驗。或者當成旅遊導覽書，在出發去尼羅河、去英國鄉間、去搭船搭火車時，就塞一本克奶奶的作品到隨身背包中。

我還是大學新生時，就聽學姐說她哥哥經常看克奶奶的小說，而且邊看邊狂笑。於是我跟著效仿，在某次搭飛機之前買了第一本小說當旅伴，不只看得超開心，看完後還到處找尋書中出現的那種有兜帽的斗篷，當成出門時的必備用品。克奶奶的作品是跨越文字、國界的。只要看過一本，就會不停地追下去。還好，真的是還好只有八十本。何況這次是全新校訂的紀念珍藏版，當然不能錯過！

發光小魚（呂湘瑜）（文史作家、助理教授）

一部好的偵探小說，除了情節設計巧妙之外，還需要洞悉人性，如此方能合理地交代人物的言行舉止與動機。阿嘉莎．克莉絲蒂便是其中翹楚，她的作品不管是偵探、愛情小說或戲劇，必要元素都是謎題與人性。在寧靜無波的場景下暗潮洶湧，永遠都有意料之外，讀者的情緒也會隨著劇情的進行起伏糾結。克莉絲蒂觀察到時代的變化，將犯罪心理融入作品中，於是，看她的小說不只能得到解謎的快樂，同時對人性也能夠有所省思。

此外，克莉絲蒂豐富的人生歷練及旅行經歷，例如一九二二年的環球之旅、居住過也旅行過的巴黎和埃及，甚至是追隨考古學家丈夫前往的中東，都讓她的小說讀來更加充滿異國情調。如果你也愛旅行，不如就讓我們一同搭上那一班南法的藍色列車，或由伊斯坦堡出發的東方快車，跟著白羅鑽進一樁奇案，一嘗旅程中破解謎題的快感吧。

盧郁佳（作家）

國小時，家裡買了一套阿嘉莎．克莉絲蒂全集，從此成了我的毒品，在白癡課本將我的腦袋啃嚙成海綿般空洞時，撫慰受創的心靈，那時我仍對人心險惡一無所知。

數學課教你列算式，樂趣遠不如克莉絲蒂教你住宅平面圖、偷換時序的密室魔術，你從庭園長窗進房間，我從房門直通鄰房，他從走廊進房……從而學會故事是建構邏輯。她文風多變，時而《四大天王》中讓神探白羅向助手海斯汀大賣關子，眉頭緊皺，山雨欲來，預示天翻地覆，只能靠他拯救世界；時而用維吉尼亞．吳爾芙《自己的房間》中俏皮的語言，讓貧苦村姑安妮在《褐衣男子》中回憶南非出生入死的冒險，竟源於她耽讀村裡圖書館爛舊的冒險愛情小說，還有戲院每週末放映〈帕米拉歷險記〉，帕米拉每集從飛機跳落高空、搭潛艇、爬上摩天大樓，每次被黑幫老大抓到總不一刀斃命，卻老要用瓦斯毒死她，暗示續集又會逃出生天。

長大才發現，克莉絲蒂小說就是我的〈帕米拉歷險記〉：它以歌劇般輝煌龐大的天真陰謀、精細的人際觀察（一句話重音放在哪個字、從膝蓋鑑定女人的年齡等），召喚年輕讀者抱持浪漫精神投入未知的壯遊，瘋魔、衝撞、冒犯，傷痕累累毫無懼色。正如瓦斯在冒險片中太多、現實中卻太少；陰謀在現實中沒有克莉絲蒂寫得那麼複雜，但她刻畫的心理卻是現實中解謎的試金石。

賴以威（臺灣師範大學電機系副教授）

或許可以為經典下幾個定義：該領域的愛好者更都讀過；不是這個領域的愛好者，許多人也都聽過；影響後續的作品，在很多著作中都可以看到它的影子；值得反覆再三閱讀，每隔一陣子再讀都可以獲得閱讀的樂趣，有更多的體悟。我永遠記得第一次讀《東方快車謀殺案》時，被那宛如嚴謹設計數學謎題的鋪陳、推進給深深吸引、震撼。從這幾個角度來說，克莉絲蒂的推理小說被稱之為「經典」，可說是當之無愧。

謝哲青（作家、旅行家、知名節目主持人）

克莉絲蒂小說的魅力在於透過每個角色的對白，藉由不斷的說話來表現人物的個性，以彰顯其人格特質中一些無法被忽略的事實。我們從他們的言語、講話的過程和字裡行間，竟然就能知道誰是凶手。

我從克莉絲蒂的小說學到很多，除了推理小說有趣的事實之外，最重要的是，我在工作的職場跟人應對的時候，如何從語言和對話裡去捕捉某些隱而不顯的事實。許多人們欲蓋彌彰的東西，無論心事也好、祕密也好，克莉絲蒂都會用文學的手法，讓你理解語言的奧妙和魅力。

克莉絲蒂的書寫會讓你覺得彷彿自己也在現場，你可以從聽到的對話當中，學會如何理解人心的一些小技巧，這是小說家最出色、最偉大的地方。我們必須學習傾聽別人說話——這些人講話是真誠的嗎？他想要跟你分享什麼資訊？這些資訊可靠嗎？——這是我在閱讀推理小說時，最大的收穫和理解。

阿嘉莎·克莉絲蒂大事記

1890		• 九月十五日出生於英格蘭德文郡托基鎮。
1894	4 歲	• 開始在家自學，父母親、姐姐教導閱讀、寫作、算術和彈鋼琴。
1895	5 歲	• 家中經濟走下坡，舉家搬至法國，學會流利的法語。
1905	15 歲	• 在巴黎寄宿學校學鋼琴和聲樂，但生性極度害羞，未成為職業鋼琴家，最終回到英國。
1907	17 歲	• 陪同母親前往埃及調養身體，對社交活動充滿興趣，但尚未對日後感興趣的埃及古物點燃熱情。 • 回英國後繼續寫作、參與業餘戲劇表演。
1908	18 歲	• 寫出第一篇短篇小說〈麗人之屋〉，同時也寫出第一部愛情小說《白雪黃漠》，以筆名向出版社投稿，但屢遭退稿。
1912	22 歲	• 與英國皇家軍官亞契·克莉絲蒂（Archibald Christie）熱戀。 • 八月爆發第一次世界大戰，亞契奉派到法國作戰。
1914	24 歲	• 耶誕夜結婚，亞契隨即返回戰場。克莉絲蒂參與紅十字會工作，在醫院擔任護士和藥劑師，因此對藥理和毒物非常熟悉，造就後來多部推理小說情節都以毒藥殺人。
1916	26 歲	• 開始嘗試寫推理小說，寫出第一部小說《史岱爾莊謀殺案》，主角偵探赫丘勒·白羅的靈感，來自於大戰期間英國鄉間的比利時難民營。本書歷經數家出版社退稿後，終獲柏德雷·海德（The Bodley Head）圖書公司的出版機會，之後並簽下另五本小說的合約。
1919	29 歲	• 前一年亞契返回英國，八月生下女兒露莎琳。

1920　30 歲　•出版《史岱爾莊謀殺案》。

1922　32 歲　•出版第二部小說《隱身魔鬼》，主角是夫妻檔偵探湯米和陶品絲。
•與亞契至南非、澳洲、紐西蘭、夏威夷和加拿大等國旅行十個月，在南非得到《褐衣男子》的靈感。

1923　33 歲　•三月出版第三部小說《高爾夫球場命案》，白羅再度登場。

1926　36 歲　•四月母親過世，克莉絲蒂陷入憂鬱。
•六月在「威廉．柯林斯父子出版社」出版《羅傑艾克洛命案》。
•八月亞契因外遇提出離婚，十二月初一次爭吵後，克莉絲蒂離家棄車失蹤，消息登上全國新聞。

1927　37 歲　•一月在悲痛心情中寫出《藍色列車之謎》，第一次創造出聖瑪莉米德村，即後來瑪波小姐居住的村子。
•分居期間在雜誌刊登以白羅為主角的短篇小說，後來集結出版《四大天王》。
•十二月在雜誌刊登短篇小說〈週二夜間俱樂部〉，瑪波小姐初登場，後來收錄在一九三二年出版的短篇小說集《十三個難題》。

1928　38 歲　•十月正式離婚，仍保留「克莉絲蒂」姓氏。
•秋天搭乘「東方快車」前往土耳其的伊斯坦堡，再轉往伊拉克首都巴格達，參觀考古現場烏爾，認識考古學家伍利夫婦（Leonard and Katharine Woolley）。

1930　40 歲　•二月應伍利夫婦之邀再訪烏爾，認識考古學家麥克斯．馬龍（Max Mallowan），九月於英國愛丁堡結婚。這段婚姻開啟克莉絲蒂旺盛的創作生涯，兩人到中東考古現場的旅行為許多作品帶來靈感。

		• 婚後克莉絲蒂開始維持固定的寫作行程。十月出版《牧師公館謀殺案》，是第一部以瑪波小姐為主角的小說。 • 出版第一部以「瑪麗‧魏斯麥珂特」（Mary Westmacott）為筆名的《撒旦的情歌》，並陸續發表了五部非犯罪小說。
1932	42 歲	• 出版《危機四伏》。
1934	44 歲	• 出版《東方快車謀殺案》，是白羅海外辦案三部曲之一，故事靈感來自中東的旅行經歷。一九七四年第一次改編成電影大獲好評。
1936	46 歲	• 出版《美索不達米亞驚魂》，白羅海外辦案三部曲之二。
1937	47 歲	• 出版《尼羅河謀殺案》，白羅海外辦案三部曲之三，故事背景是年輕時與母親同遊的埃及。一九七八年第一次改編成電影大受歡迎。
1939	49 歲	• 二次大戰期間，克莉絲蒂在大學學院醫院擔任義務藥師，學習到最新的毒藥知識，對於推理小說寫作大有助益。 • 出版《一個都不留》，是克莉絲蒂最著名作品之一。
1941	51 歲	• 出版《密碼》，呈現出克莉絲蒂對戰爭的看法。 • 出版《豔陽下的謀殺案》。
1942	52 歲	• 出版《藏書室的陌生人》、《五隻小豬之歌》等名作。
1944	54 歲	• 以「瑪麗‧魏斯麥珂特」為筆名出版第三部作品《幸福假面》，被美國書評人發現是克莉絲蒂的作品，讓她從此失去匿名創作的自在樂趣。

1950	60 歲	• 獲選為皇家文學學會的會員。
1953	63 歲	• 出版《葬禮變奏曲》。
1956	66 歲	• 一月獲頒大英帝國爵級大十字勳章（GBE）。 • 十一月以「瑪麗・魏斯麥珂特」為筆名出版《愛的重量》，是這個筆名的最後一部作品。
1958	68 歲	• 成為「偵探作家俱樂部」主席。
1960	70 歲	• 馬龍獲頒大英帝國爵級大十字勳章。
1961	71 歲	• 獲得艾克塞特大學頒發榮譽文學博士學位。
1968	78 歲	• 馬龍獲封為爵士，克莉絲蒂亦被稱為馬龍爵士夫人。
1971	81 歲	• 獲頒大英帝國爵級司令勳章（DBE），獲封為女爵士。
1973	83 歲	• 出版最後一部創作《死亡暗道》，亦為湯米和陶品絲最後一次辦案。
1974	84 歲	• 最後一次公開露面，出席電影《東方快車謀殺案》首映會。
1975	85 歲	• 八月六日，白羅成為有史以來第一次在《紐約時報》頭版刊出訃聞的小說主角，宣傳九月即將出版的《謝幕》，這也是白羅最後一次辦案。
1976	86 歲	• 一月十二日去世。 • 十月出版《死亡不長眠》，瑪波小姐的最後一次辦案。

克莉絲蒂推理原著出版年表

1920　史岱爾莊謀殺案 The Mysterious Affair at Styles（神探白羅系列）
1922　隱身魔鬼 The Secret Adversary（神探湯米＆陶品絲系列）
1923　高爾夫球場命案 The Murder on the Links（神探白羅系列）
1924　白羅出擊 Poirot Investigates（神探白羅系列）
1924　褐衣男子 The Man in the Brown Suit（神探雷斯上校系列）
1925　煙囪的祕密 The Secret of Chimneys（神探巴鬥主任系列）
1926　羅傑艾克洛命案 The Murder of Roger Ackroyd（神探白羅系列）
1927　四大天王 The Big Four（神探白羅系列）
1928　藍色列車之謎 The Mystery of the Blue Train（神探白羅系列）
1929　七鐘面 The Seven Dials Mystery（神探巴鬥主任系列）
1929　鴛鴦神探 Partners in Crime（神探湯米＆陶品絲系列）
1930　牧師公館謀殺案 The Murder at the Vicarage（神探瑪波系列）
1930　謎樣的鬼豔先生 The Mysterious Mr. Quin（神探鬼豔先生系列）
1931　西塔佛祕案 The Sittaford Mystery
1932　十三個難題 The Thirteen Problems（神探瑪波系列）
1932　危機四伏 Peril at End House（神探白羅系列）
1933　十三人的晚宴 Lord Edgware Dies（神探白羅系列）
1933　死亡之犬 The Hound of Death
1934　三幕悲劇 Three Act Tragedy（神探白羅系列）
1934　李斯特岱奇案 The Listerdale Mystery
1934　帕克潘調查簿 Parker Pyne Investigates（神探帕克潘系列）
1934　東方快車謀殺案 Murder on the Orient Express（神探白羅系列）
1934　為什麼不找伊文斯？ Why Didn't They Ask Evans?
1935　謀殺在雲端 Death in the Clouds（神探白羅系列）
1936　ABC 謀殺案 The A.B.C. Murders（神探白羅系列）
1936　底牌 Cards on the Table（神探白羅系列）
1936　美索不達米亞驚魂 Murder in Mesopotamia（神探白羅系列）

1937　巴石立花園街謀殺案 Murder in the Mews（神探白羅系列）
1937　尼羅河謀殺案 Death on the Nile（神探白羅系列）
1937　死無對證 Dumb Witness（神探白羅系列）
1938　白羅的聖誕假期 Hercule Poirot's Christmas（神探白羅系列）
1938　死亡約會 Appointment with Death（神探白羅系列）
1939　一個都不留 And Then There Were None
1939　殺人不難 Murder Is Easy/Easy to Kill（神探巴鬥主任系列）
1940　一，二，縫好鞋釦 One, Two, Buckle My Shoe（神探白羅系列）
1940　絲柏的哀歌 Sad Cypress（神探白羅系列）
1941　密碼 N Or M?（神探湯米＆陶品絲系列）
1941　豔陽下的謀殺案 Evil Under the Sun（神探白羅系列）
1942　五隻小豬之歌 Five Little Pigs（神探白羅系列）
1942　藏書室的陌生人 The Body in the Library（神探瑪波系列）
1943　幕後黑手 The Moving Finger（神探瑪波系列）
1944　本末倒置 Towards Zero（神探巴鬥主任系列）
1945　死亡終有時 Death Comes as the End
1945　魂縈舊恨 Remembered Death（神探雷斯上校系列）
1946　池邊的幻影 The Hollow（神探白羅系列）
1947　赫丘勒的十二道任務 The Labours of Hercules（神探白羅系列）
1948　順水推舟 Taken at the Flood（神探白羅系列）
1949　畸屋 Crooked House
1950　謀殺啟事 A Murder Is Announced（神探瑪波系列）
1951　巴格達風雲 They Came to Baghdad
1952　殺手魔術 They Do It with Mirrors（神探瑪波系列）
1952　麥金堤太太之死 Mrs. McGinty's Dead（神探白羅系列）
1953　黑麥滿口袋 A Pocket Full of Rye（神探瑪波系列）
1953　葬禮變奏曲 After the Funeral（神探白羅系列）

1954 未知的旅途 Destination Unknown
1955 國際學舍謀殺案 Hickory, Dickory, Dock（神探白羅系列）
1956 弄假成真 Dead Man's Folly（神探白羅系列）
1957 殺人一瞬間 4:50 from Paddington（神探瑪波系列）
1958 無辜者的試煉 Ordeal by Innocence
1959 鴿群裡的貓 Cat Among the Pigeons（神探白羅系列）
1960 哪個聖誕布丁？ The Adventure of the Christmas Pudding（神探白羅系列）
1961 白馬酒館 The Pale Horse
1962 破鏡謀殺案 The Mirror Crack'd from Side to Side（神探瑪波系列）
1963 怪鐘 The Clocks（神探白羅系列）
1964 加勒比海疑雲 A Caribbean Mystery（神探瑪波系列）
1965 柏翠門旅館 At Bertram's Hotel（神探瑪波系列）
1966 第三個單身女郎 Third Girl（神探白羅系列）
1967 無盡的夜 Endless Night
1968 顫刺的預兆 By the Pricking of My Thumbs（神探湯米＆陶品絲系列）
1969 萬聖節派對 Hallowe'en Party（神探白羅系列）
1970 法蘭克福機場怪客 Passengers to Frankfurt
1971 復仇女神 Nemesis（神探瑪波系列）
1972 問大象去吧！ Elephants Can Remember（神探白羅系列）
1973 死亡暗道 Postern of Fate（神探湯米＆陶品絲系列）
1974 白羅的初期探案 Poirot's Early Cases（神探白羅系列）
1975 謝幕 Curtain: Hercule Poirot's Last Case（神探白羅系列）
1976 死亡不長眠 Sleeping Murder（神探瑪波系列）
1979 瑪波小姐的完結篇 Miss Marple's Final Cases（神探瑪波系列）
1991 情牽波倫沙 Problem at Pollensa Bay
1997 殘光夜影 While the Light Lasts

國家圖書館出版品預行編目（CIP）資料

白羅出擊 / 阿嘉莎．克莉絲蒂（Agatha Christie）著 ; 刁克利譯. -- 二版. -- 臺北市 : 遠流出版事業股份有限公司, 2022.10
面； 公分. -- (克莉絲蒂繁體中文版20週年紀念珍藏 ; 15)
譯自 : Poirot investigates
ISBN 978-957-32-9743-7(平裝)

873.57 111013855

克莉絲蒂繁體中文版 20 週年紀念珍藏 15

白羅出擊

作者 / 阿嘉莎．克莉絲蒂
譯者 / 刁克利

主編 / 陳懿文、余式恕 校對 / 呂佳真
封面、內頁設計 / 謝佳穎 排版 / 連紫吟、曹任華
行銷企劃 / 舒意雯 出版一部總編輯暨總監 / 王明雪

發行人 / 王榮文
出版發行 / 遠流出版事業股份有限公司
地址 / 104005臺北市中山北路一段11號13樓
電話 / (02)2571-0297 傳真 / (02)2571-0197 郵撥 / 0189456-1
著作權顧問 / 蕭雄淋律師

2002年7月1日 初版一刷
2022年10月1日 二版一刷
定價 / 新臺幣380元 (缺頁或破損的書，請寄回更換)

ISBN 978-957-32-9743-7

遠流博識網 http://www.ylib.com E-mail: ylib@ylib.com
遠流粉絲團 https://www.facebook.com/ylibfans

www.agathachristie.com